茨木和生

季語を生きる

邑書林

はじめに　俳人と環境問題

私の主宰する「運河」の高知支部会員である津田吾燈人さんが、いまの自然環境を俳人として傍観しているわけにはいかないと、傍観者から実践者になった体験を、俳人協会の機関紙「俳句文学館」平成二十二年五月五日付けの巻頭記事として書いています。吾燈人さんは自然の中に深く立ち入っていますから、体験がどんどん豊かになって、当然のことながら俳句がよくなってきておられます。俳人は常に自然と向き合っていますから、どんなきっかけがあれば環境問題に関心を持つことになるのか、自分ならどんなことが実践できるのかと、考えている方は多いのではないでしょうか。

＊

これから、私のことについて述べていきますが、私が自然環境の変化に危機を感じ、関心を持つようになったのは、よく通っていた熊野の自然と深く関わるようになったことがきっかけでした。

私は熊野の海に憧れ、熊野の山に畏怖の念を抱いて句を詠んできました。しかし、なにより熊野を気に入っていたのは、鮑《あわび》や栄螺《さざえ》、鰹《かつお》や鮪《まぐろ》、がしらやいがみといった海の幸をしこたま食うことができること、鮎《あゆ》や天魚《あまご》、天然の鰻《うなぎ》、藻屑蟹《もくずがに》といった川の幸、蕨《わらび》や楤《たら》の芽《め》や、ごんぱち、これは虎杖《いたどり》のことですが、塩漬けにして保存したものを塩出しし、油炒めや和え物にして食べる、なかなかのものです。

それら山川の幸に憧れていたこと、それに猪肉《ししにく》や鹿肉《しかにく》など、これも山の幸ですね、こういうものを食べることで熊野の自然からなによりも恩恵を受けていたのです。恩恵を受けていたから、この自然を守りたい、どちらかといえば邪《よこしま》な考えが先行していたようです。

ことに海の幸については、俳句を作る鮑海士《あま》だった田本十鮑《じゅっぽう》さんの家で、鮑はもちろん、栄螺や生《なま》雲丹《うに》をたらふく食べさせてもらいました。雲丹を殻から外すと十分足らずで生殖を始めるのです。白く濁ってくる。それが始まる前につるっとなめるようにするのです。これが本当の生の雲丹です。町の魚屋やスーパーで生雲丹というて箱に入って売ってるのは、まず生殖を止める生殖防止液に浸けます。次に凝固剤で形が崩れんように固める、最後に防腐剤を入れる。十鮑さんは、「ほんとの生雲丹はこれよ」と、馬糞雲丹《ばふんうに》、紫雲丹《むらさきうに》を殻ごと笊に盛ってくれるのです。ある時、「鰹をたたきにしてくれ」と言ったことがあったのですが、「たたきにするような腐った鰹をあんたに食べてもろうとるかい」と怒鳴り返された記憶があります。それほど、熊野の海は豊かだったのです。

ところが、食いたいだけ食えと、朝から茶粥さんで食べてきた鮑が、「このところ瘦せてきやる」と十鮑さんから聞いたのは、平成になって間もなくのことです。十鮑さんは、熊野自然保護連絡協議会の役員でした。勧められて私も会員になって二十年になりますが、「磯焼け」という言葉を聞いたのはこの頃でした。「あの磯ら、みな死にやる」と、十鮑さんが指差していうのを聞いたのです。

死磯と海士指させり青嵐　　茨木和生

という俳句は、その言葉を受けて詠んだものです。

磯焼けというのは、鮑や栄螺の餌である荒布《あらめ》や搗布《かじめ》が枯れて育たない現象です。平成二十三年五月の連休にですが、朝日放送が午前と午後に分けて環境問題の特集番組を放映しました。串本の海の磯焼けと吉野の桜の現状を午前中に放映していましたが、磯焼けについて調査の結果、いがみ、舞鯛《ぶだい》のことですが、それやあいごという磯魚が荒布や搗布を食べ尽したので磯焼けになったと言っていました。今回の調査ではそうだったでしょうが、魚が食べ尽すずっとずっと前に磯焼けは始まっていたのです。私も十鮑さんに誘われて新宮市三輪崎の海に潜ったことがあります。昭和五十年代には恐ろしいほどに荒布や搗布が茂っていましたが、平成のはじめには、以前を密林といえば疎林の状態でした。それを磯焼けと十鮑さんは呼んでいたのですが、もう二十年以上も前のことです。

鮑や栄螺が食べ、いがみやあいごが食べても、それぐらいで荒布や搗布などの海草がなくなるということなど考えられないのではないでしょうか。十鮑さんは磯焼けの原因を、

　　鮑獲るダム放水の濁り濃し　　田本十鮑

と詠んでいます。この「ダム放水」というのは新宮川（熊野川ですが）、そこに作られた十津川村内の大きなダムの放水です。ダムの底水を抜いて土砂とともに流すのです。水は海に出て、三輪崎の磯に届くわけです。「海の底にも雪が降る」と十鮑さんはいっていましたが、真水が混じった水潮状態になり、夏でも水温が下がって冷たく、雪のような澱物が荒布や搗布の生育を妨げて磯焼けが起こると

十鮑さんは見ていたようです。鮑や栄螺、いがみやあいごという磯魚が食べても、それだけで磯焼けが起こるなど、これまでになかったと言い切り、「海の底のことは海士以外の人は目にせんでねぇ。わしの語ることをおたくさんらが文に書いて広めてほしい」とも十鮑さんは語っていました。

＊

熊野の山々にも関心を持つようになったのは平成二年のことです。中上健次さんの開いていた熊野大学に出席するために、毎月一度、宇多喜代子さんや後藤綾子さんと一緒に熊野へ行っていました。昼間は熊野の自然と触れて作句をし、熊野の人々と句会を共にし、夜は中上健次さんが山本健吉の評論集『いのちとかたち』を講読する、あるいは対談をするなどの会が行われていたのです。あるとき、熊野の山に棲んで山仕事をしておられる、作家でもある宇江敏勝さんと中上健次さんの対談がありました。この対談は私が記録し、「運河」平成二年五月号に発言の全部を掲載していますが、『中上健次全集』にも『中上健次全発言』にも『中上健次発言集成』にも収録されていませんから、貴重な史料です。

そこでの宇江敏勝さんの発言に私は触発されました。こんな発言です。

素人が入っても熊野の杉林の中は暗い、異常だという感じがするでしょう。やっぱり間伐をして、間引きをして、日の光が地面に届かないと、杉、檜のためにならないですね。そういう詰まっている状態では枝が枯れ上がってるんです。ひどいところでは七割も八割も枝が枯れ上がってるんです。よそから来た人は、山を見て「さすが熊野やなあ、一面の緑やなあ」というんですけどねえ。僕らから見たら、「いえいえ、下枝は七割ぐらい枯れ上がっているから、この山の七割は枯山ですよ」というのが、僕らの見方なんです。

このお話から、山をほったらかしにしていると、山の保水力もなくなるということを知りました。間伐材の放置も問題です。なぜ放置せざるをえないのか、建築現場の足場などに間伐材を使わなくなり、また、木材不況と人件費の問題から間伐材を放置する。暗い杉山は土が露出していますから大雨が降ると保水力がなく一気に表土を水が流れて、残されていた間伐材は水を堰き止め、それが崩れて鉄砲水となって洪水をおこすということになります。こんなことを俳人にも知ってほしいと、十年以上も前に、俳人協会関西俳句大会に宇江敏勝さんをお招きして講演をお願いしました。

また、俳人協会関西支部で『紀の国吟行案内』を編んだ時、そのカバー写真を那智の滝を撮影し続けている写真家の楠本弘児さんにお願いしたのですが、そのとき那智の滝水の危機、水涸れの現象を知って驚きました。いつもは百三十三メートルの滝水が三筋をなして落ちているのですが、冬になるとそれが一筋になり、北風に煽られて滝壺にまで水は落下せず、途中で吹き散ってしまうというのです。このような楠本さんの嘆きを紹介して、平成十四年十二月十五日付け「朝日新聞」の「天声人語」はこう書き継いでいきます。

（滝水減少の）主な原因は水源域の植生の変化とみられている。戦後の造林政策で、広葉樹の自然林の多くが保水力の劣るスギやヒノキの人工林に変わった。そのツケが回ってきたというのだ。民有林の一部を寄付してもらい、伐採に歯止めをなど、滝を守る手立てを講じてきたが、町は危機感を深めている。そこで打ち出したのが募金運動である。「ふるさと創生資金」の一億円をベースに、おひざ元の熊野那智大社や青岸渡寺に募金箱を置いたり、インターネットで呼びかけたりして全国に手助けしてもらおうというわけだ。基金で民有林を少しずつ買い、自然林に戻していく。数十年、いや百年単位の仕事だろう。滝の水量にからんでもうひとつ気になることがある。日本有数の多雨地域である熊野の降水量が減ってきているようなのだ。降ったら土砂降りという降り方も森を傷める。熊野の森、地球環境の変化。那智の滝は自然が私たちに警告を発する大きな信号機といえる。（略）

昭和三十年代後半から四十年代初めごろ、わたしは熊野に行くと、ときには「どえらい滝水よ」と轟音をあげて落下する滝水を見てきましたが、そのとき那智の滝水の危機がはじまっていたのです。杉檜の多い人工林となった滝の上流部の山々の保水力がなくなって、水を一気に川に滝に吐き出していたのです。滝水を見て、「さすが熊野やねぇ」と感動していたのですが、えらい勘違いだったのです。「運河」平成十五年三月号に「那智の滝源流水資源保全事業基金への寄付金募集について」という広告を載せ、那智勝浦町役場から取り寄せた案内書と郵便振替用紙、さきほどの「天声人語」のコピー

をあわせて、約百通ほど全国の俳人に協力を求めました。那智の滝といえば、

神にませばまこと美はし那智の滝　高濱虚子

滝落ちて群青世界とゞろけり　水原秋櫻子

という句が有名ですが、結社として「ホトトギス」「馬酔木」にも呼びかけて協力を得ました。「ホトトギス」では芦屋市の虚子記念館で「那智の滝」シンポジウムを開き、その滝水を守る必要性が訴えられました。息長く続けねばならない課題ですが、振替用紙を入れて基金を募集するというやりかたでは持続させてゆくのがなかなか困難です。こんな募金活動に目を止めた「東京新聞」の記者が私にインタビューをしてくれ、記事を書いて募金活動のことを広めてくれました。平成二十年末の「俳句研究年鑑」に、この問題を忘れてはならないと、那智の滝水保全のことを書きました。

＊

同じ「俳句研究年鑑」の平成二十一年末に出た号には、吉野の桜を守ることを書いています。

伐られずに枯れずに残り山桜　茨木和生

平成二十四年の私の作品です。吉野山の山桜《やまざくら》を詠んだものです。中の千本の五郎兵衛茶屋付近の東向き斜面の山桜には、吉野山では最も美しく咲いていると私が思っている、樹齢百二十年余りの木々があります。樹齢百二十年余りといっただけで、句の「伐られずに」という言葉を私がどんな思いで

詠んだかを、ある年代以上の人たちには理解してもらえるのではないかと思いますが、いかがですか。太平洋戦争とその後の食糧難の時代にも「伐られずに」生き残ってきた山桜の木々ということですね。この句を前置きにして、次に、吉野山の山桜のことを語ってみたいと思います。

吉野山の桜は大峯奥駈道《おおみねおくがけみち》とともに世界遺産「紀伊山地の霊場と参詣道」の大切な資産の一つです。吉野山の桜は下千本（近鉄吉野駅からケーブル吉野山駅付近）、中千本（如意輪寺《にょいりんじ》付近）、上千本（吉野水分神社《みくまりじんじゃ》付近）、奥の千本（金峰神社《きんぷじんじゃ》から西行庵）と四つの群落に四月上旬から四月下旬にかけて花季をずらしながら咲き上ってゆきます。標高二百メートルの下の千本から奥の千本の標高七百五十メートルにかけて、その距離五キロメートルにわたり広く分布しています。約五十ヘクタールになります。約二百種、約三万本の山桜が毎年咲き誇り、これまで多くの人に愛《め》でられてきました。吉野山の山桜は若葉《わかば》とともに開花する気品のあるシロヤマザクラが中心です。

吉野山は古来桜の名所となっていますが、その歴史は奈良時代にさかのぼることができます。役小《えんのお》角《づの》（役行者）が金峯山寺《きんぷせんじ》をひらくとき、大峯山での千日の難行苦行の果に感得した蔵王権現の像を傍らにあった桜の木に刻んだという故事から、吉野山では桜の木を蔵王権現を供養する神木として崇め、保護してきたと伝えられています。平安、鎌倉時代はもちろん、室町、江戸時代も修験道の信者によって桜は寄進され、保護されてきたのです。

吉野山こぞのしをりの道かへてまだみぬかたの花を尋ねん　　西行法師

と、西行が吉野山に庵を結んでまでその桜を求め、吉野の桜に執着したことは知られています。おそらくその当時、吉野山から大峯奥駈道にかけて、山桜に満ちていたことでしょう。

これはこれはとばかり花の吉野山　安原貞室

という吉野山の桜を称えた句があります。芭蕉の言葉を借りますと、「かの貞室が是は是はと打《うち》なぐりたる」と吉野山の句を詠んだときから、芭蕉が『笈の小文』の旅で「よしのの花に三日とどま」ったときも吉野の桜は見事だったに違いありません。

そんな見事だった吉野の桜の枯死《こし》を始めて指摘したのは約二百五十年前、本居宣長だったのです。宣長は吉野水分神社の申し子だったことから、そのお礼参りに花見を掛けて吉野に来ているのです。「春立つ日より六十五日にあたるころほひなん、いづれの年も（花は）ころほひなん」という、吉野の開花予報を目途に吉野に来ているのです。『菅笠日記』を読んでみます。

さるは此山《この》（吉野山）のならひとて、此木《この》をきることをいみじくいましむるは、神のをしみ給ふ故なりとこそいふなるに、今は杉をのみいづこにもおほくうゑ生《おふ》したるがたちのびてしげりゆくほどに、桜はその陰におしけたれておほくはかれもし、又さらぬもかじけゆきて枝くちをれなどのみすめるを、神はいかゞおぼすらん、まろが心には、かく杉うゝるこそ伐《きる》よりも桜のためはこゝろうきわざとおぼゆれ。

（本居宣長『菅笠日記』）

宣長は、吉野山に広がってゆく杉の植林に問題提起を行ったのです。いま吉野山の桜の植わっているところには杉の植林地はありませんから、宣長の提起が聞き入れられたのかもしれません。

明治時代に入って、吉野山も廃仏毀釈運動の嵐から免れることができず、修験道の大本山であった金峯山寺蔵王堂にも破却令が届いたのですが、木造建造物としては東大寺大仏殿に次いで大きな蔵王堂を取り壊すことは、信仰上からも町の経済上からもできず、これを避ける方法がとられました。しかし、蔵王権現信仰に基づく山桜でしたので吉野山の桜も荒れる一方となっていったようです。蔵王権現の御神木と崇められてきた山桜は放置されはじめます。さらに明治四年には吉野山の山桜が売りに出され、大阪の商人がこれを買って、杉や檜を植栽するための伐採までされはじめました。それを憂えた村民の一人の話を聞いた、吉野郡川上村大滝在の林業家土倉庄三郎氏が、日本の将来を考えると外国人のためにも吉野の山桜を守るべきと大金を出して山を買い戻して、吉野山の桜は難を逃れることになったということです。時の運を得たとは言いたくはありませんが、この頃、国粋主義運動の象徴として山桜が称えられるようになっていったのでしょう。

敷島の大和心を人問はば朝日ににほふ山桜花

という本居宣長の歌は、当時の精神的なバックボーンともなったに違いありません。

明治二十六年、吉野山は奈良県立公園として、初めて公の手で保存顕彰されることになりました。今、中の千本の五郎兵衛茶屋付近で美しい花を咲かせている山桜の大木は、明治三十七年から同三十八年にかけて、日露戦争から戻り吉野山に保養の身をよせていた傷病兵が植栽した山桜で、これが私の詠んだ山桜です。かつての献木が復活したものといわれました。この「献木」は、地元を刺激し、桜の保護増殖と史跡の保存顕彰を目的とした「財団法人吉野山保勝会」が結成され（大正五年に内務省によって設立認可）、趣意書をもって全国に呼びかけると、九千六百四円の寄付金と山桜の苗木千六百八十九本の献木があり、公園の拡張を図り、山桜の植栽の場を広げてきたのです。

大正十三年十二月には吉野山は「史跡及び名勝」として国の指定を受け、昭和十一年二月には「吉野熊野国立公園特別地域」に指定されます。この間全国行脚をして寄付金を募り、山桜の苗木の献木を得て、植栽地も新たに買われ、さらに個人による土地の寄付も進み、吉野山の山桜は見違えるまでに復興するのです。

ところが、太平洋戦争が敗戦という形で幕引きとなり、危機が生まれます。食糧難が厳しくなると、比較的平坦部の山桜を伐採して畑とし、伐った山桜は薪として住民に配れという声が吉野でも高まって来たのです。母から聞いた話ですが、私の故里、郡山城址の桜も皆伐されて町民に薪として配られました。それを押し止める人がいなかったということです。

しかし、当時の吉野山区長梅本孝浅《たかのり》氏は、役小角以来の伝統を守って吉野山の桜を育んできた先祖に、当面する生活の苦しさに耐えられないからと、山桜を伐採して薪にするなど、許されることではない。家の戸障子まで燃やしてもまだ薪が足りない、木の皮、草の根を食ってもまだ食糧が足りないというのなら、桜の木を伐採して畑にしても先祖は許してくれるだろうが、現状はそうではないと、高まりかけた声を強く制して吉野山の桜を守ったと伝えられています。さらに吉野山に住む人々の良識もまた桜を守ったのだと私は思っています。

吉野山の山桜は、ソメイヨシノと違って、実生でしか苗木は育たないのです。そこで、戦後間もない昭和二十三年から、吉野町立吉野山小学校の児童たちは、落果している「さくらんぼ拾い」をはじめ、苗木を育て始めました。いまでもシロヤマザクラの苗木を育てていて、卒業記念に苗木を植樹しています。

吉野山の桜は、植えるだけでなく、吉野山保勝会の人々を軸に、下草刈、蔓払い、肥料撒布などをして守られてきました。昭和十二年、十四年から十六年にかけて、病虫害に犯されている桜、菌類の発生している桜に外科的な施術をしたという記録が残されているように、吉野の桜は懇《ねんご》ろに守られてきたことが分かります。

その吉野山の桜の現状はどうでしょうか。吉野山の桜の樹勢の衰えは十数年前から現われましたが、それはヤドリギの寄生や枝の一部が箒状になって枯れるテングス病の発生でした。これは保勝会の人々の手で枝を切り落とすという対処療法によって切り抜けられましたが、樹勢の衰えは留まりませんでした。このところの衰えは、樹齢三十年から四十年の若い木に現われているのが大きな特徴で、さらに樹齢五、六十年の元気だった木が急に勢いが衰えて立ち枯れしてしまうという現象も顕著になっています。県の農業試験場の調査結果では、従来から一部で言われていた、いわゆる「イヤ地(忌地・厭地)現象」は見られず、むしろ土壌としては山桜の成育に適しているという所見が示されました。ただクルミネグサレ線虫という土壌線虫のため樹勢を損なう恐れがあり、ところどころに見られる急性枯死した桜の若木に、ハンノキクイ虫の被害のあることも分かりました。また、樹勢の衰えている木にはウメノキゴケが付着しています。水圧をあげた噴霧器でウメノキゴケを剥がしていきます。労力のかかる仕事ですが、これは続けられています。

その後の県林業試験場の調査によると、ナラタケ菌による枯死が指摘されています。樹勢の衰えた山桜の根元を掘ってみると、ナラタケ菌の胞子が真っ白になって広がっているのだそうです。根から幹にのぼったナラタケ菌が茸となって出てくると、山桜は枯死してしまいます。県林業試験場は、ナラタケ菌の広がりを防ぐためには、ナラタケ菌に冒された木の伐採処分と土壌転換を行うべきであるという見解を示しています。現在、森本幸祐《ゆきひろ》京都大学大学院教授を団長とする「吉野山サクラ調査チーム」が、山桜衰退の根本原因の解明に着手しています。

山桜の咲く吉野山は面積が五十ヘクタールと広く、しかもその多くは急傾斜地に植えられているため、調査一つをとって見ても時間と資金が必要になります。それに吉野町という自治体が高齢化と過疎化に悩んでいるという実態があり、次代に吉野山の山桜を守り継いでゆくために、吉野町では「吉野桜基金」を立ち上げて、調査研究、樹勢の衰えを防ぐ具体的手立てのための資金を広く求めています。

＊

自然を詠むこと、なかでも花、山桜を愛でて詠んできた俳人が枯死してゆく吉野山の山桜に何もしないでよいのだろうかということで、俳人協会ではこのところこんな取り組みをしています。

　平成二十一年九月に環境委員会を立ち上げ、昨年の俳人協会総会で、鷹羽狩行会長が「協会の取り組みとして環境問題を重視してゆきたい。例えば吉野の桜を守ること」と、提起されました。俳人協会関西事務所では、環境委員会が立ち上げられる前から、俳人として取り組めることは何かという観点から、「色紙・短冊展示頒布会」を企画し、同二十一年八月十九日、二十日と大阪市中之島中央公会堂で頒布会を行いました。七十九人の俳人から、約三百四十点の作品が寄せられ、二百五十万五千円の売上金を吉野町に寄贈しました。しかし、「吉野の桜を守る」ことに俳人協会が取り組んだとして、これ一回で終わるわけにはいきません。千三百年ものあいだ守り継がれてきた吉野の桜をどう未来に引き継いでいくか、俳人としての知恵の絞りどころだと考えています。息長く続けていくために、二年に一度か三年に一度「色紙・短冊展示頒布会」を行うということも一つの方法です。

　他にも方法はあります。読売新聞大阪本社事業局内に置かれている「吉野の桜を守る会」に個人として基金を寄せることです。句集を出したとき、結社の記念大会のときなどに基金を寄付するということも考えてはどうでしょうか。那智の滝水を守る基金に「運河俳句会」の大会で集まった基金の一部を贈ったことがあります。

　俳人として、俳句結社として、どう恒常的に「吉野の桜を守る」ために取り組んでいくのか、と考えて、昨年三月から十月まで「運河」では、「吉野の桜を守るチャリン募金」を実施しました。チャリンと音のするお金、十九カ所の句会で取り組まれ、八ケ月でチャリンも積もれば山となる、三十万四千十円を読売新聞大阪本社事業局を通じて、「吉野桜基金」に届けました。この報告を俳人協会関西事務所で行い、まず幹事の出ている結社の協力を求めました。いま、チャリン募金の取り組みが行われているのは三十を越える結社にのぼっています。平成二十二年十一月に集約した段階で、一、一八三、三二三円あり、「吉野の桜を守る会」に寄贈しました。チャリン募金はその輪が大きくなっていますが、関西レベルで見るとまだ始まりだといってよいと思います。ぜひこのチャリン募金を皆さんの結社で取り組んでいただきたいと思うのです。そして関西だけでなく、全国に広げていきたいと思うのです。

今年の俳人協会関西支部の「色紙・短冊展示頒布会」は、その収益を東日本大震災への義援金と吉野の桜を守る基金とに折半することで取り組みました。収益の二、三一六、四八一円を折半して、二つの団体に寄贈しました。

＊

もう一つ、危機に瀕している自然の事例をお話しします。

「もう一度、ふるさとの自然をこの目で見詰め直したい」といって、わが師右城暮石《うしろぼせき》がふるさと土佐の山中、標高六百メートルの長岡郡本山町《もとやまちょう》字古田に戻ったのは平成四年の春、九十三歳のときです。JR土讃線大杉駅で下車、その駅からバスで十五分、そこから歩いて一時間ほどのところにある、農業と林業の村です。

八十年ぶりふるさとの蛍の火　　右城暮石

八十年ぶりに戻ったふるさとの濃い闇を飛ぶ蛍火《ほたるび》は、少年の頃のものとなにひとつ変わることがなく、安堵したに違いありません。でもすぐに、違う景色を目の当たりにするのです。

杉山へ竹生え込めり青嵐　　右城暮石

という句を作っています。平成四年、帰郷した年の作です。

ふるさとの自然の変化を鋭い眼差しで捉えた句だと、私は驚きました。八十年前に暮石が見た同じ山は、枝打ちされ、間伐されて、地に日差しの届いている、健やかな杉山だったはずです。ところが、眼前している杉山は、間伐もされずに杉の木が密集していて、その間に孟宗竹《もうそうだけ》が入り込んでいたのです。青嵐が吹くと、杉山の中で、掘られなかった筍が今年竹となって背高く伸び、しなやかに揺れて目立つのです。こんなことは暮石の少年時代にはあり得なかった光景です。

自然環境の変化で、あり得ないことが起こるのは、高齢者の多い山中の過疎地からだといっても過言ではありません。暮石の故郷は、山裾に筍を採るための筍藪のあったところですが、若者が出て行き、高齢者だけの集落となって、筍藪は放置されたのです。手入れをしなくなった筍藪の竹は、四、五年もすると藪に続く杉山に入り込んでいきます。その拡がる勢いは一年で高さも横へも三メートルほどです。丹精込めて育てられて来た杉山は外材に押されて材木が売れずに放置されたままになり、山裾で作ってきた筍も安い筍の輸入の影響と、力のいる筍掘りに耐えられなくなって、竹藪は放置されたままになってしまったのです。林業で成り立ってきた故郷の村の、情けない山の現状を、帰郷二ケ月足らずの暮石の目が鋭く捉えたのです。

今「私は驚きました」と言いましたが、暮石がこの句を詠んだ時、関西の里山ではこんな現象は目立っていませんでした。私が、竹藪が山に拡がって行くことを食い止めないと、将来大変なことになると思ったのは、天《あま》の香具山《かぐやま》の現状を見てからです。平成十七年十月八日付け「朝日新聞」夕刊（大阪本社版）に書きました（本書所収「天の竹藪」）。実は大和三山として親しまれている香具山、耳成《みみなし》山、畝傍《うねび》山を平成十七年に文部科学省が文化財保護法に基づく名勝に指定しました。あれあれ、文部科学省は天の香具山の実態を知っているの、と疑問に思ったから投稿の形で記事を寄せたのです。一年前の筍の旬に吟行に入った天の香具山の様子をエッセイ風にして四百字詰め四枚を書いたのです。このまま何もしないでいるといつの日か、「天の香具山」は「天の竹藪」になってしまうと思ったからです。私の文章を歌人が読んでくれるだろうか、万葉学者が読んでくれるだろうか、そしてなにか考えてくれないだろうか、とも思いましたが、私はほんとうの名勝として次の世代に受け継いでゆくために、地元橿原《かしはら》市の知恵に期待したい、と行政に投げかけました。

平成二十年には竹藪が山頂まで三十メートル付近に迫っており、「景観の危機」を感じた、NPO法人奈良ネイチャーネットを事務局に、県や橿原市、林野庁が参加した、「大和三山（香久山）の景観・生態系保全検討会」（議長・前迫ゆり大阪産業大学大学院教授）が設立され、調査と竹の伐採という取り組みが動き出しました。竹は背も高く小楢《こなら》や櫟《くぬぎ》など広葉樹や杉を覆って日光を遮るだけでなく、地下茎が水分を吸収して樹木を枯死に追い込んでゆくのですが、ここは風致地区ですので、竹林の伐採にも規制があって、竹林の拡大阻止に結びつかない現状があったのです。もともと孟宗竹の藪だったのですが、安い中国産の筍に押されて売れなくなったり、竹材も使われなくなったり、農家の高齢化もあって放置されたのが原因なのです。

天の香具山は名勝地ですが、普通の筍藪も同じ現象が起きています。筍どころ、南山城地方の竹林面積は、戦後すぐの一九四八年には百二十三ヘクタールでしたが、一九七四年には倍になっています。これは筍の増産のためです。現在は当初の三倍以上に広がり、南山城地方の樹林地の半分以上を竹林が占め、年々拡大しています。ただし、これは増産ではありません。放置された竹藪が増えているのです。

柔らかな竹の緑色が、秋になると色づき始めた木々の紅葉と映えあって美しい季節が来ます。竹の春です。しかし、こんな景色は手入れの行き届いた筍藪での話です。私は子供の頃、「地震が揺ったら竹藪に逃げ込め」と教えられていましたが、逃げ込めるような竹藪は名だたる筍どころの藪以外にはないでしょう。筍が掘られず、放置されて四、五年も経った藪なら、人が逃げ込めるような隙間のない、枯れた竹もまじった竹の密林になっています。こんな竹藪の保水力はどうか、全く研究されていないのが現状なのです。

筍藪として保持していくためには、藪手入れ、藪養生が大切です。筍を取り入れた直ぐ後のお礼肥、秋から冬にかけては堆肥や肥料を入れ、藁を敷き、土をかむせるなどをし、七年以上になった竹を伐って間引きと手間隙がかかるのです。そんな手を尽して育ててきた筍が盗まれてしまう、まだ耳新しい事件です。筍掘りは経験と体力の要る仕事ですが、後継者のいないことも筍農家の悩みです。

目を日本全国に広げてみますと孟宗竹の北限はこれまで関東平野だといわれていましたが、最近乗った東北新幹線の車窓風景では岩手県一ノ関駅付近にまで広がっています。地球の温暖化と無関係ではないと思います。

林業の不振が山の竹林化に拍車をかけているのですが、外国材の輸入と国産材の安値、安い筍、安い竹製品の輸入が原因です。山を育てたり、竹藪を養生する意欲が、農林業に従事する人たちから離れていっているのが現状です。

＊

磯焼け現象、那智の滝水の危機、吉野の山桜の枯死、日本の山の竹林化などを話してきましたが、俳句と関係がないといって、見過ごすことのできない実態になっていることを知ってもらいたいのです。少なくとも、那智の滝水をいついつまでも残す、吉野の山桜をいついつまでも残すために、俳人協会も力を入れてきたのだと、その一員として誇りたいと思うのです。本日も入口に二匹の子豚ちゃんが募金を待っています。また、どの俳句結社でも「那智の滝水を守る」、「吉野の桜を守る」チャリン募金に、根気よく取り組んでいただきたいと思うのです。俳句は継続が第一と言われますが、自然環境を守ることも継続がなによりだと私は思っているのです。

平成二十三年九月の台風十二号、十五号によって、ことに和歌山県、奈良県、三重県の山間部や海岸部が大きな被害を受けました。これまで述べてきたこととも関わりが深いのです。コンクリートよさらば、といっていた政権がありましたね。コンクリートの代表はダムですが、ダムを作るよりも、その資金を活用して、荒廃した山を復活させ、保水力のある山にする、竹林化した山の竹の伐採を進め、広葉樹など豊かな林相の山にする、こういうことを考えてくれる政治家が一人でも出てきてほしいと思っています。山仕事は素人にはできませんが、講習会などで訓練を積んでもらうなどすると、雇用の促進にも繋がるなどと思っているのですが、いかがでしょうか。

註　この文章は、平成二十四年十一月二十五日に刊行された「俳句文学館紀要」第十七号（俳人協会発行）より転載、大幅に加筆したものです。

季語を生きる＊目次

はじめに　俳人と環境問題

暮らしと季語

季語を考える

繋がる交わり

季語を生きる

装画……………太田加奈

暮らしと季語

新年の季語

一体、私には、新年の季題、季語を詠んだ句がどれほどあるのだろうか。私のいう季題とは、和歌、連歌の伝統を負う竪《たて》の題の季《き》の詞《ことば》のことであり、季語とは、俳諧以降の横の題の季の詞のことである。

＊

さて、新年の季題の数はそんなに多くはなく、私の使ってきたものは、元日《がんじつ》、小松引《こまつひき》、若菜《わかな》、筆試《ふでためし》、包井《つつみい》、歯固《はがため》、初夢《はつゆめ》などである。なかでは、「歯固」の句が比較的多く、

歯固に鴨の砂肝造りけり　茨木和生

歯固のこは深吉野の猪ならめ　同

など五句あるが、これなどは子供の頃から「験《げん》のもの」として慣わしのようにして食べてきたから作句してきたのだろう。若菜は一月六日に近くの野に出て摘むことにしてきた。季題を通しての体験がなによりも大事だと思っているからである。季題を体験できるものなら、積極的に出て行って体験を重ねることを、俳句に親しみ、またこれから俳句をはじめようと思っておられる方々に勧めたい。

畳薦平群の若菜摘みにけり　　茨木和生

毎年、野や田に出て、芹《せり》や薺《なずな》、蘩蔞《はこべ》などを摘んで帰って七種粥《ななくさがゆ》を炊いている。

大育てせずすずしろを作りをり　　茨木和生

大きく育ててしまえば大根になってしまう蘿蔔《すずしろ》、これは十一月半ばごろプランターに種を撒《ま》いて育て、七種粥に使っている。

「筆試《ふでためし》」という季題は現在では使われていないが、『連歌至宝抄』（里村紹巴）には、「吉書のことなり」とあって、「試筆《しひつ》」「筆始《ふではじめ》」とならぶ「書初《かきぞめ》」の傍題季題である。

半歌仙独吟したる試筆かな　　茨木和生

同じことならと、〈ひと声を雉と聞きたり吉書揚《きっしょあげ》〉という旧作を発句として、〈走り戻れる注連貫ひの子〉を脇に置いて半歌仙を独吟したことを詠んだものである。ちょっとした遊び心からの独吟であるが、これなど正月だという雰囲気がこういうことをさせてくれたように思う。

素謡をして包井に立ちゐたり　　茨木和生

「包井」は正月、宮中で若水《わかみず》として奉るために、旧冬から蓋をして封じて置く井戸のことをいう。

正月、主水司《もひとりのつかさ》が包井の蓋をとって若水を汲み、宮中に奉る。天皇が朝食の時にこの水を飲むことで一年の邪気を払うことができるという。この井戸蓋をとることを「包井開く《つつみいひらく》」といっていた。民間でもこれに倣《なら》っていただろうと思い遣って詠んだ句である。「素謡を」と詠んだのは、謡曲「蘆刈」に「さのみはなにをか包み井の、隠れて住める小屋の戸を」を思い遣ってである。

＊

私が詠んでいる新年の季語は七十近くあるが、生活様式がどんどんと変わってゆき、少年時代に体験していた行事や慣わしなどもずいぶんとなくなってきている。季語の「蓬萊《ほうらい》」もその一例である。公団住宅やマンションに暮らしていたころ、「蓬萊」という季語で作句することなどはなかった。マンションには床の間などもなかったから、蓬萊飾りなど思いもよらなかった。せいぜいが三方《さんぼう》に羊歯《しだ》を敷いて鏡餅《かがみもち》を据え、昆布《こんぶ》、串柿《くしがき》、橙《だいだい》を置く餅飾《もちかざ》りをする程度だった。季語のある暮らしをしてみたいと思っても、時間的な、経済的な余裕がなかった時代だったからである。

定年になって、時間の拘束から開放され、松の内《まつのうち》の間に漁村や山村の民宿に泊まって吟行する機会に恵まれるようになった。正月《しょうがつ》の漁村に行けば、その集落の祭礼の神事宿である頭屋《とうや》の家を訪ねて、みごとな蓬萊飾りを見せてもらったりした。

蓬萊の栄螺を取りて食《を》せといふ　　茨木和生

蓬萊の栄螺の吐きし潮かな　　同

蓬莱の鮑の痩せを嘆きけり　茨木和生

この句を得たのなど、人のよい頭屋の家で酒食までいただくという、めったにない機会に恵まれたからである。主人と交わした話を聞き逃すまいと記憶に留めておく。こんな座を設けてくれるのも、結社のよき俳句仲間に恵まれているからでもあるが、季語の現場に立つのには苦労をしなければならない。いまは床の間のある家に住んでいるから、正月になると、ささやかな蓬莱を作って、模擬体験をしたりする。近くの山で採ってきた松や実のついた南天《なんてん》を活け、かなり昔に貰っていた那智黒石で島を作り、蓬莱の種々《くさぐさ》を飾り立ててゆく。

蓬莱の伊勢海老三日目も動く　茨木和生

蓬莱に備長炭を立てにけり　同

こんな模擬体験の中から句が生まれる。季語「幸木《さいわいぎ》」も模擬体験を勧めたい。幸木は正月飾りのひとつであるが、冷蔵庫などなかった時代には実用的な面も兼ねていたに違いない。土間や軒下に正月三《さん》が日《にち》に食べる塩鯛や塩鮭、炒子《いりこ》や昆布、大根《だいこん》や人参《にんじん》、袋に入れた小芋《こいも》などの野菜を稲架木《はざぎ》を組んだ竿にぶら下げていたのが「幸木」である。魚だけを懸けたものを季語「懸《かけ》の魚《うお》」と呼んで使っていた。

懸の魚烏賊は開いてありにけり　茨木和生

青頸を齎《もたら》しくれぬ幸木　同

雉一羽足せしはなやぎ幸木　同

懸の魚の烏賊《いか》は私が実際に開いてぶら下げたものである。また、注文して送ってもらった真鴨《まがも》の雄の青頸《あおくび》や雉《きじ》であったが、そこはいかようにも「俳句」として料理をすればよいと思って処理したものである。模擬体験をしようと思えば、いまでは行われなくなった正月の飾り物、「飾海老《かざりえび》」「飾炭《かざりすみ》」「橘飾る《たちばなかざ》」「橙飾る《だいだいかざ》」「串柿飾る《くしがきかざ》」「搗栗飾る《かちぐりかざ》」「野老飾る《ところかざ》」などもできるから、これらの季語で一句詠むのもよいだろう。

＊

正月ならではの季語「初詣《はつもうで》」は神社や寺に出かけないと佳句を得ることはできない。しかし、表面だけ見ていると、類想、類似の句になってしまうのも「初詣」の句である。初詣に出かけていって、そこで出会う「季語」を歳時記であらかじめ調べておき、その季語の現場に立ち会って句を作ることが大事である。「破魔矢《はまや》」や「宝船《たからぶね》」も買うことから作句の現場に入る。私の師の師松瀬青々《せいせい》が明治三十四年に創刊主宰した俳誌が「寶舩」であるにも関わらず、私が季語「宝船」に関心を持ったのは、下鴨神社や錦天満宮で実際に宝船を買い、それを枕に敷いて寝たという体験をしてからである。

泥描きをしたる日輪宝船　茨木和生

青々の直筆といふ宝船　同

後鳥羽上皇の鴨印宝船　同

この後鳥羽上皇の宝船、いま隠岐島で後鳥羽上皇の火葬塚をお守りしている、俳人でもある村上助九郎さんにも差し上げた。句作をとの願いからである。宝船を敷いて寝たとき、「初夢《はつゆめ》」を見ればその句も作ればよいのである。

方違へして初漁の船を出す　茨木和生
万歳のひとり来てゐる離島かな　同
弓始雨戸を締めし広間にて　同
恐れ気の子を山誉に連れゐたり　同
山国の十日戎の道篝　同
金箔の剝がれとびたる吉書揚　同
四五人に送るあてある懸想文　同

その気になれば、こういう季語の現場に今でも立って作句することができる。

忘初

私が『風生編歳時記』（東京美術）を買うきっかけになったのは、七人で続けていた「あの会」の場であった。あの会は結社の枠を超えた俳句会で、平成二年、当時「鷹」の同人だった後藤綾子さんの呼びかけで始まった。この日、綾子さんの自宅に集まったのは宇多喜代子さんら七人である。しばらくして岩城久治さんが仲間に加わった。途中、澁谷道さん、中岡毅雄さんも加わることになるのだが、現在は宇多さんのほか、辻田克巳、山本洋子、大石悦子、茨木和生、岩城久治、西村和子の七名が月一回、古季語、難季語を兼題として出したり、季語の実物を持ち寄って句会を行っている。

＊

さて、「古季語ではないけれど、面白い季語だから作ってみない」と、西村和子さんが出題したのが『風生編歳時記』に出ている季語「忘初《わすれぞめ》」であった。『風生編歳時記』では、見出し季語は「笑初《わらいぞめ》」だが、その解説が実にユニークなのである。引用してみよう。「忘初は、年をとり物忘れがひどくなると、こんなことも注意に上る。語呂もいいし、季題としてどんなものだろうか。ただし初忘は言葉として不熟だ」とある。「笑初」が見出し季語だが、この季語の解説がどこにもなく、全文を「忘初」の季語解説に使っている。そして、「季題としてどんなものだろうか」と「忘初」を「季題」として作句してごらんと問題提起しているのである。「これは風生先生の挑発やねぇ」と私は思った。

貰ひたる干魚の名を忘初　茨木和生

句会に出したのはこの句、実体験の句である。正月の酒の肴に焼いてもらったのだが、来客にその名を聞かれて思い出せなかった。背鰭《せびれ》や臀鰭《しりびれ》が鋭く尖っていて、そこに毒腺のある魚だと解説できるのだが、名前を思い出すことはできなかった。私の第六句集『倭』に収めている平成六年の作である。「わしが釣ってしなした干物やで」と貰ったのはアイゴ(藍子)であった。お歳暮《せいぼ》代わりに貰ったのだが、脂がよくのっていて、干魚としては最高のものだった。それ以降、海沿いの町に行けば必ずと言っていいほど魚屋を覗くのだが、アイゴの干物を店頭で見ることはない。

串本節二番の歌詞を忘初　茨木和生

句集『往馬』に収める平成十三年の作である。飲んだ勢いで歌い出したものの、二番の歌詞に入ろうとすると、思い出せなかったのである。カラオケ設備のない飲み屋の二階座敷でのことだった。
この「忘初」、風生先生の解説通り、「年をとり物忘れがひどくなると、こんなことも注意に上る」のである。私も七十四歳となった。胸を張ってこの季語に挑戦してみよう。

寒施行

寒《かん》の入《いり》になってその寒さも一層きびしくなり、狐《きつね》や狸《たぬき》などの獣をはじめ、鳥たちも少なくなった餌に飢えているだろうと思い遣って、食べ物を施すのが寒施行《かんせぎょう》である。季語「寒施行」は、歳時記では「野《の》施行《せぎょう》」「穴《あな》施行《せぎょう》」「狐《きつね》施行《せぎょう》」という傍題季語を伴っている。

狐来る鶏舎をあたためたる夜は　　茨木和生

この句の季語は「鶏舎《とや》温《あたた》む」である。もっとも、収録季語数の多い歳時記といわれる『図説俳句大歳時記』（角川書店）には季語として入っているが、例句は挙げられていない。後藤綾子さんの呼びかけで始まった古季語、難季語で句を詠む「あの会」で出された兼題が「鶏舎温む」だった。

私は高校時代、裏畑に自分で建てた小さな鶏舎で十羽ほどの鶏を飼っていた。この句は、そのときのことを思い出して詠んだものである。寒さがきびしくなると、鶏の餌となる青い草も少なくなり、鶏は卵をあまり産まなくなる。ことに生駒《いこま》颪《おろし》のつめたい風の吹く夜などは、粗筵《あらむしろ》を二枚かけて鶏舎の冷え込むのを抑えていた。さらに凍《い》て込む寒の間などは、昼間煮炊きに使っていた練炭《れんたん》火鉢《ひばち》を鶏舎に入れて温めるということもした。鶏舎を温めていると、鶏糞の臭いが強くするからであろうか、狐がやってきた。狐が来たことは、鶏の異様な騒ぎや畑についている足跡で分かる。そんな翌朝には、母は「施行したらんとあかんなぁ。油揚げ買うて来て、出し雑魚を仰山入れたお稲荷さん作っとくさかいに、学校から戻ってきたら、川や池の土手の穴に施行しといたり」といったものである。このように狐穴の前に置くので穴施行といったり、狐施行と呼んでいた。お稲荷さんと呼び習わしていた稲荷鮨を狐穴の前に置くとき、「鶏、盗みにこんとけよォ」とも独りごちていたから、施行をしたら、狐が悪さをしに来なくなるという、一種の呪術だったのかもしれない。

いま私の住んでいる地は山を切り開いた新興住宅地だが、山際の宅地にはまだ家が建っていないので、逢魔《おうま》が時《とき》と呼ばれるころ、そこに行けば狐や狸に出合うことがある。餌を求めて下りてきたのであろうか、私の家近くの道路を歩いている狐を見たこともある。狸は人に気付くと側溝に逃げ込むので、それが狸だということはすぐに分かる。

その地の名は菊美台という新しいものだが、古来椣原《しではら》と呼ばれていたこの地に古くから住んでいる人がするのだろうか、小豆飯《あずきめし》のお握りと塩を桟俵《さんだわら》の上に乗せて、寒のさなかに田や畑の畦に置いてあるのを見かけることがある。寒施行の一種で、このように田畑の畦や野原に狐狸《こり》の好む食べ物を置いてあるのを野施行という。

野 施 行 に 猪 の 腸 置 く 磧 か な　　小津溢《いっ》瓶《ぺい》

小津さんは奥伊勢の山中に暮らして、山仕事をしてきた俳人だ。猪《いのしし》を解体したあとの腸《わた》をバケツに入れて磧《かわら》に運んで行き、そこに施行したのである。狐だけでなく、鳶、鷹、鷲なども、施行されたその猪の臓物を食べるのである。

野施行の籾撒いてある渚かな　茨木和生

琵琶湖の渚を歩いていて、渚一面に籾が撒き拡げてあるのを見たことがある。籾といっても、粃《しいな》の多い籾だったので、穭穂《ひつじほ》をしごいてしなした籾なのだろう。

野施行の薄紙ぬれて地につけり　矢野典子
野施行の塩を土まで舐めてゐし　茨木和生

寒施行はおもに狐や狸がその対象ではあるが、昔の人々は神へのお供えのようにでも思っていたのだろう。桟俵や奉書紙、書道用の半紙などに小豆飯のお握りや稲荷鮨、塩を置いていたものだ。矢野さんの句も私の句も施行したものがきれいになくなっていたのを見て詠んだものである。矢野さんが見たのは、残っていた薄い紙が湿り気に濡れて、地に引っ付いていたのだろう。おそらく狐狸の類《たぐい》がそれを食べたのである。私の句は塩の乗せられていた紙まで食べているのだから、最後に塩を舐めたのは鹿だったはずだ。紙を食べ、その下の土までも舐められていて、地は少しくぼんでいた。

西行の歌碑にも寒施行の供物　長田久子

寒施行のものは狐穴や田や畑の畦、野原や川原以外に、この句のようなところにも置かれていた。長田さんの句は、私も吟行をともにしていたから、こんなところに狐狸はいないのになぜと、驚いたものだ。赤飯の大きなお握りが白紙に載せられていたのだが、この寒施行は、かつてこの地に来て家の門々に立ち、寿言《ほぎごと》を唱えて回った芸人たちに与えていたものの名残ではないかと思った。

野施行や薬草園の高きにも　　上村佳与

奈良県宇陀市の森野《もりの》旧薬園での詠作だ。赤飯のお握りにお菜も添えられ、おそらく江戸期からこの施行は行われていただろうと思いながら、私も見ていた。

寒の水

少年時代の私の家では、正月の餅《もち》は家に迎える正月の神様（歳徳神《としとくじん》）をはじめ、竈の神様から厠の神様に至るまで、大小の違いはあっても、糯米《もちごめ》だけで搗いた白餅の鏡餅を供えてきた。雑煮《ぞうに》も白餅を入れたが、それはお下がりとして神様からいただいたものという考えがあったからだろう。

雑煮というのはその字の通り、年の暮《としのくれ》に仏様をまつっていた、そのお下がりを入れた雑多な煮物のことだ。かつては年末にもお盆と同じように、家に祖霊を迎えていた。その話は、『徒然草』の十九段に、晦日《みそか》の夜の描写として、「亡き人のくる夜とて玉まつるわざは、この比《ごろ》都にはなきを、東《あづま》のかたには、なほする事にてありしこそ、あはれなりしか」と出ている。

神 仏 の 光 り て 白 し 雑 煮 餅　　原 石 鼎

神に、仏に、真っ先に供える真っ白の雑煮の餅は、神仏のひかりのようにまぶしかったのだ。私の家では、白餅のほかに「どや餅」と呼ぶ、粳米《うるちまい》と糯米を半々の割合で入れた餅も搗いていた。噛み応えがあって、香ばしい餅なので、私の好きな餅である。いまも妹がそのことを覚えていて、白餅のほかに、一と臼分「どや餅」を届けてくれる。

餅一つ供ふ深雪の山祠　阪脇文雄

家の神様、氏神様には餅を供えるけれど、この句は何の神様だろうか。雪深い山の祠にも、正月を迎える餅が供えてあったのだ。

松《まつ》の内《うち》も過ぎると、晴れている日は、「山に行ってこくまを掻いて来い」と言われ、集めたこくまを入れる炭俵《すみだわら》を持って里山に出かけていった。こくまとは、風呂の追い焚きに使ったりする、松や櫟《くぬぎ》、小楢《こなら》の枯れ葉のことである。勉強もせず、火鉢にあたっていたりすると、「子どもは風の子や。外で遊んで来い」と、風の中に追い出されたものだ。それでも二月の終わりごろまでは、日の暮れるのが早いために、子どもたちはおなかをすかせて、「なんぞ、ほうせき（おやつ）はないんか」とせがむものだから、そのためにも寒餅《かんもち》を搗いて、欠餅《かきもち》やあられを作ってくれたものだ。

現在、子どもたちのおやつのために寒餅を搗くということは少なくなったけれど、それでも、私のような年格好の者など、少年少女の時代を懐かしんで寒餅を食べたくなることがある。寒餅は白餅でなく、橡《とち》の実《み》や榧《かや》の実《み》などの木《こ》の実《み》や、ごくもんと総称している黍《きび》、粟《あわ》、大豆《だいず》などの雑穀を入れた餅だった。

深吉野に住む俳句仲間に木の実やごくもんの餅を搗いてくれないかと相談すると、「寒の間に搗いといたるわな」と、すぐに引き受けてくれた。「二月のなかば過ぎまで黴《かび》んと、もつかいな」といぶかしむ私に、「先生、もう忘れてしもたんかいな。寒の水で搗いた餅は長持ちするていうことを。町住みが長いさかいに無理ないなあ」と言って笑われた。

表具師の仕込む寒糊《かんのり》や、酒をつくる寒造《かんづく》り、穀類を長く保存したり、白玉粉を作ったりする寒曝《かんざらし》、上質の紙が作れる寒漉《かんすき》など、「寒《かん》」という言葉をもった季語には、寒《かん》の水《みず》を使ったものが多い。葛を晒したり、布を晒したりするのに、いまも寒の水は重宝されているのである。

寒の水念ずるやうにのみにけり　細見綾子

寒の水を、身体を強健にするために飲むという風習がある。細見綾子は、病気から抜け出ようとして健康な日々であってほしいと祈るような思いで寒の水を飲んだのだろう。寒の間、私も山里に吟行に出ていて清水や泉を見つけると、ありがたいと、そこへ口をつけて寒の水を飲んでいる。

寒の水を使った寒餅は、欠餅にしたりもするが、中で私は橡餅がいちばん好きだ。しかし、橡餅にするまでには、想像することができないほどの手間ひまがかかる。

橡の実は秋の間に拾って、十日ほど流水に浸けて虫出しをし、それを天日で乾燥させて保存する。そこから餅を搗くまでの準備が大変なのである。十日ほど水に漬けてもどし、皮がむきやすいように湯に漬けてから自家製の道具を使って皮むきをする。それから灰汁《あく》出しにかかるのだが、それは手数も日数もかけて行う。その苦労は簡単に書くことができない。

橡餅を焦せり裏返せし方も　茨木和生

せっかくの橡餅、ガスの火ではなく炭火を使ってゆっくりと焼きたいものだが、なかなかできないのが実状だろう。

欠餅には、先にも書いた粟や黍、大豆の他、胡麻《ごま》を入れたり、青海苔《あおのり》や干し海老《ほしえび》を入れたりして、子ども達の眼にも楽しいものだった。砂糖を入れた欠餅は、焼きながら箸を使って伸ばしていくと、二倍以上の大きさに膨れた。砂糖ほどではないが、蒸した小芋《こいも》を入れて搗いた欠餅も、同じようにするとよく膨れたものである。

狐鳴くこゑを近しと御欠《おかき》編む　　相野暲子《あきこ》

欠餅は、夜なべ仕事に一枚一枚藁を使って編みつなぎ、それを部屋に渡した竹竿に何日間か干して乾燥させる。風に当てると割れるので、部屋の出入りにも注意した。欠餅の干しあがるのを待つ楽しさを、私はいまも覚えている。

寒の川魚

弁慶の干鮎も減りぬ花の内　茨木和生

和歌山県南部を流れる熊野川の落鮎漁は十一月半ばを過ぎても行われているが、そんな落鮎を串に刺して干物にしたものを、熊野に住む俳句仲間が暮に贈ってくれることがある。軽く火に炙《あぶ》ってそのまま酒の当てにしたりもするが、水菜を使った清《す》まし雑煮《ぞうに》の出汁《だし》をとるとき、弁慶に刺してある干鮎《ひあゆ》を抜いてきて使う。弁慶とは、焼いた魚や干した魚の串を刺す、麦藁や藁を束ねたもので、弁慶の立ち往生の様子から作られた言葉である。ふつう、囲炉裏の間に吊ってあり、また〈猪の肝挿したる穂手に鮎も挿す　和生〉という句のように穂手《ほて》ともいう。これも藁束に刺した串が、穂が出ているように見えるところから作られた言葉である。

ところで、「花《はな》の内《うち》」とは、餅花を飾っている睦月十五日から晦日までの間をいう季《き》の詞《ことば》であり、江戸時代には東北地方で使われていた。「松の内」という新年の季題があるが、「花の内」はそれよりも美しい言葉であるにもかかわらず、実は『図説俳句大歳時記』「新年」（角川書店）に季語として登載されながら例句がなく、このたび刊行された『角川俳句大歳時記』からは外されているのである。

しかし、宮坂静生著『語りかける季語　ゆるやかな日本』（岩波書店）の中で、新年の地貌季語として収載されていた。虚子の言う「詩題」とするに足るものだとも思っている。

庚申に小餅絶やさず花の内　　茨木和生

美しい詩題でもある季語、「花の内」をみなさんにぜひ詠んでもらいたいものである。

雑魚のおほかたは寒鮠鮎《よじおざし》　　茨木和生

川魚であることが多いのだが、魚の刺してある竹串をおざしとか鮎とかと呼んでいて、これも弁慶に刺してある。

「運河」にはおざし作りの名人が二人いる。一人は和歌山県北部を流れる紀ノ川で漁《すなど》った鮠《はや》などの雑魚を焼いて竹串に刺し、団扇のように仕立ててくれる。一匹一匹吊り上げたものであったり、瓶もんどりをつけてとったものだ。「みごとやねえ」というと、「あんたみたいないらちにはでけんわ」と笑い飛ばす。「癌に身を蝕《むしば》まれて、雑魚捕りもでけんようになったわ」といいながら、作句は続けている大家一悟さんである。

いまひとりは、三重県北部を流れる雲出《くもず》川の支流八手俣《やてまた》川で捕った雑魚をみごとなおざしにして贈ってくれる勝田たつしさんである。届いたおざしを見て作ったのが私のこの句だ。浅く焼かれた雑魚を見ると、寒鮠にまじって鯎《うぐい》の子もいた。ひとあぶりして二杯酢にし、陳《ひ》ね生姜をおろして食べると、寒中の雑魚は臭みがない。

ぶつ切りの鯉濃煮立つ寒暮かな　　勝田たつし

寒鯉《かんごい》を使った贅沢な鯉濃《こいこく》だ。辞書ではこの句のように「鯉を筒切りにして煮込んだ赤味噌汁」と出ているが、ふつうは刺身や洗いにした残りの粗を使って、関西では白味噌仕立てにしている。母乳がよく出るというので、私の住んでいる大和では、産見舞いに寒鯉を持っていくことがあった。

還暦の宴寒鯉の血を飲めと　　茨木和生

私の誕生日は一月十一日だから、この句も還暦になったその頃に開いてくれた宴である。きっと牡《ぼ》丹鍋《たんなべ》での宴だったと思い出しているが、鯉の洗いを作るときに取って置いた生き血に酒を混ぜてぐい飲みに入れて出してくれたのである。「せんせ、これ、精つくらしいんや」と深吉野の料理旅館、天好園の社長が宴の場に持ってきてくれた。山中の家々では、不意の来客のためにも、庭の池に鯉を飼っていたものである。

もてなさる焼きし寒鮒さらに煮て　　中村草田男

大きな寒鮒《かんぶな》なら刺身や洗いにして食べもするが、小ぶりの寒鮒は白焼きにしたうえで、味をつけて煮る。煮出した番茶を使って炊くと、骨まで柔らかくなるのである。しかし、草田男の句の寒鮒は姿の大きなもので、一匹づけにして出されたものだと思う。焼いた寒鮒をさらに煮るという手間隙をかけて出してくれたその真心に感謝している、草田男の思いも伝わってくる作品である。

あられせば網代の氷魚を煮て出さん　翁

「ぜゞ草菴を人とひけるに」という詞書のある芭蕉の句である。「ぜゞ草菴」は、大津市膳所にある義仲寺の無名庵である。霰《あられ》の降る寒い日は瀬田川の網代《あじろ》で捕れた氷魚《ひうお》を煮てもてなしをしようという句意だが、捕れたばかりの氷魚を振売《ふりう》りにきていたのだろう。芭蕉の頃には氷魚は季の詞として定着していなかったので、季語「霰」の句として掲げられている。透き通るような魚体の美しい氷魚は、近江の人の言葉で言えば、「むくった（沸騰した）塩湯の中に入れて茹でたものに三杯酢をかけて食べるのが一番」だというが、私は二つ割りにした橙の酢を絞ってかけたのが一等好きである。

氷魚汲月夜まはりは加勢得て　茨木和生

魞《えり》漁による氷魚汲《ひうおくみ》だ。「月夜まはり」とは、満月に近い月の明るい夜のことだが、こんな夜は氷魚の天敵である鰻《うなぎ》が動かないからである。ことに琵琶湖には大食漢の固有種の琵琶湖大鰻がおり、こんな鰻が現れると氷魚は散らかってしまうのである。氷魚は鮎の稚魚だが、鰻のほかにも食欲旺盛なブルーギルやブラックバスなどの外来魚が繁殖して、漁獲高も減少傾向にある。

凍渡《しみわた》り

新潟在の「運河」同人、林隆一さんから「凍渡り」の句を投句したと、こんな手紙を戴いた。

「今回凍渡りの句を投句致しました。この言葉はわが町の周辺のみ使われていると思っていましたが、

木の洞を人の出て来る凍渡り　　斉藤美規

という句を知り、県内何処でも使われていることが分かりました。それならばと、歳時記にはありませんが、作った次第です。凍渡りは、積雪が夜の放射冷却により急速に固まる現象です。翌日はほとんど晴れて、固まった雪の上をぬかる事なく歩行が可能となります。二、三月にこの現象が見られます」という内容だった。

富山県で発行されている俳誌「森」を見ていると、「奥阿賀の四季」というカラー写真のページがあり、「凍み渡り」という題で文章もつづられている。写真には凍渡りの道を犬を連れて歩く人が映っている。文章を少し引用してみる。「雪国の春は太陽が眩しい。昼間溶けた雪の表面は夜の冷え込みで硬くなる。特に晴れた朝は放射冷却でマイナス七、八度になる。そんな朝はかんじきを履かなくて

も雪の上を何所《どこ》へでも歩いて行けた。凍渡りは堅雪の事で春の季語。私が子供の頃は『しみしみ渡り』と言って登校する時も少し遠回りして楽しんだ（以下略）」とあって、筆者の、

体 重 が 軽 く な り た る 凍 み 渡 り　　　山口冬人

という句が書かれている。「奥阿賀」というと阿賀野川の上流部、新潟県でも福島県に接する地だと思う。「凍渡り」は地方季語としてこれからも多くの俳人に作句してほしい。

山里の春の訪れ

私と妻とは四歳しか違わないのだが、戦中、戦後の身辺のできごとについては、その認識と体験とに大きな違いがあって驚くことがある。私は昭和十四年生まれだから、小学校一年生のときに終戦を迎えている。国語の教科書は「サイタ、サイタ、サクラガサイタ」だったか。

夏休みが終わって登校した九月のはじめ、墨汁を使って、日の丸や兵隊さんの絵はもちろん、文章も黒く塗りつぶした記憶がある。小学校三年生の新学期になっても教科書はなく、「先生、つばめがきました」と最後の行に書かれていた丸山薫の詩だったと思うのだが、一枚のわら半紙に謄写《とうしゃ》印刷されたものが配られて授業が始まったのを覚えている。ひと月に一度ぐらい、進駐軍は虱《しらみ》を駆除するために、運動場に集まった小学生にＤＤＴの粉を噴霧器を使って、頭に、衣服に、身体に噴射した。その運動場も芋畑だったときもあった。こんなことを妻はまったく知らない。

終戦になったとき、六歳の私を頭に五歳の妹と三歳の弟がいた。母方の祖父母は、父が戦場にかりだされて間もなく亡くなった。祖父母は仕事を持ちながら稲作もしていたが、残された田や家の裏畑、里山にあった畑などを、母はひとりで作っていた。「建てた蔵より子は宝や」というのが母の口癖であったが、「子どもは風の子、外出て遊べ」とか「家の手伝いせん子は子やない」と言っては、私を育ててくれた。おもに草引きだったが田畑の仕事も、「はじめちょろちょろ中ぱっぱ」と唱えながら火を育てて麦飯《むぎめし》を炊くことも、私は早くから手伝ってきた。

冬の間吹きつのっている木枯《こがらし》は、生駒山から吹き降ろしてくるので、生駒颪《いこまおろし》と呼んでいた。立春《りっしゅん》を過ぎると生駒颪の吹く日も少なくなり、日脚も大きく伸びてくる。学校から帰ると、これまであらかた掻き終えたこくま（「寒の水」の章参照）ではなく、縄を持って里山に行き、風に吹き飛んだ、柴と呼ぶ枯枝《かれえだ》などを集めてきた。こんな柴は炊きつけに重宝だったし、「火はなによりのご馳走や」と言いながら、大きな火鉢で焚火をして、母は不意の来客をもてなしたりもしていた。

こんな柴集めをしていて、日溜りに蕗《ふき》の薹《とう》を見かけるようになるのは二月のなかばをかなり過ぎてからだ。二つ三つ蕗の薹を摘んで帰ると、「ええ春の匂いやなぁ。明日の味噌汁に入れたるわ。ぱっと春が広がるでぇ」と母は喜んだ。「旬《しゅん》のものはなによりや」と言い、「旬は争えんわ」と言うのも母の口癖だった。朝は「出汁雑魚《だしじゃこ》も残さんと、みんな食べていくんやで」と言って、送り出してくれた。私は、今も「朝の味噌汁、三馬力」と唱えながら、根菜類や芋、茸類、若布《わかめ》などを入れた具だくさんの味噌汁を大きな椀に入れ、出汁昆布《だしこんぶ》や炒子《いりこ》までも残さずに食べている。ときには香りを楽しむために、冷凍保存した蕗の薹を散らしたりもするのである。

蕗の薹の話に戻ろう。

傾ける土に傾き蕗のたう　林　徹

蕗の薹はどのようにして出てくるのかわからないが、昨日出ていなかったと思う地に、急にぽこっととび出たようにしてあったりもする。蕗の薹を摘もうと思って里山に入ったのだろうか。傾斜している土の上に、蕗の薹は傾いて転がりそうに出ていたのだ。それをよく見て、きっちり描《えが》いてある。即物具象を信条としている俳人の本領を発揮した作品といえよう。

一つ見つけて蕗の薹背後にも　今瀬剛一

この句も蕗の薹を摘みに出かけたからこそ授かったのだ。蕗の薹を一つ見つけて屈んで摘もうとして、ひょっと振り向いた背後にも見つけたのである。蕗の薹が「ここにわたしもいるのよ」と声をかけたようにも感じられる。

水中に花開きゐる蕗の薹　茨木和生

この蕗の薹ははじめから水中にあったわけではない。蕗の薹の花が咲いたころ、雪解水が溢れて水浸しになったのだ。こんな蕗の薹の花は天ぷらにしたり、蕗の薹味噌にしたりもする。

もぐらが土擡《もた》げて土筆こけさうに　平井さち子

土筆摘《つくしつみ》は遊びの一つだが、土筆は食材にもなる。私が川や池の堤防、山畑の傾斜地によく出かけたのも、土筆の上がるところをきっと母から聞いていたからだ。「つくつくさん、出ておいで。袴《はかま》がなければ貸したげよ」と歌いながら、土筆を摘んでいた記憶がある。山畑などの畔で、もぐらの持ち上げている土に転げそうになった土筆を見たこともあった。

摘んで帰った土筆は、夕食後に母も入ってみんなで袴を取る。根気の要《い》る仕事だったが、子どもに根気をつけるのは、口で言うより作業を通してだと母は思っていたのだろう。あの当時は、どこの家でも、子どもは手伝いをよくしたものである。

土筆めし山妻をして炊かしむる　　富安風生

味付けして炊いた土筆をご飯に混ぜたのが土筆飯だが、土筆は甘辛く煮たり、「今日ははりこんだる」と卵とじにしたり、和《あ》え物にして食べていたものだ。

早春の淡水魚

三月に入ると、比良山や伊吹山には雪が厚く残っているのに、琵琶湖に射す日差しは和《やわ》らぎ、風のない日など、ありがたいとしか言いようのないように湖面が輝いている日がある。湖に沿って生えている猫柳《ねこやなぎ》も輝きを跳ね返している。こんな頃になると、琵琶湖畔では初諸子《はつもろこ》が川魚屋さんに姿を見せるようになる。このところ、店頭に出ることが少なくなっているが、これはブルーギルに卵を食べられ、ブラックバスに幼魚を食べられて、琵琶湖の本諸子が激減しているからだ。

私の少年時代には、奈良盆地の田溝のような小さな流れでも、春になるとさ、で網を使って諸子を掬うことができた。ところが、いま奈良盆地の川には、諸子はほとんどいないだろう。私の捕ってきた諸子は、母が練炭火鉢《れんたんひばち》にかけて、大豆《だいず》と一緒にことことと煮てくれたものだ。そんな日のことをなつかしく思い出している。

くづさずにそつと焚かうよ初諸子　　松瀬青々

早春に捕れた初諸子は魚体も美しく、細かな鱗が銀色《しろがね》に輝いている。青々の家では、今年初めて買った諸子を、軽く白焼きにしたうえで煮ているのだ。箸を少し触れただけでも身が崩れそうに見える諸子である。初諸子の美しい姿を、身の輝きを損なうことなく、炭火を弱火に落として、「そつと焚かうよ」と語りかけるように詠っている。きっと諸子だけを煮ているのだろう。美しいものへの、青々のこまやかな心使いが伝わってくる。

諸子焼く煙を立つて払ひけり　　茨木和生

琵琶湖で捕れる本諸子は、春になると子を孕んでくる。この句は近江今津の鴨《かも》料理屋、丁子屋《ちょうじや》で吟行句会を持ったときのものである。諸子を焼きはじめると、炭火の上に脂が滴り落ちて、部屋中に煙が立ちこめてきた。なにしろ、四十人ほどが七つのテーブルを使って炭火で諸子を焼いているのである。「焼きすぎないように、ちょっと焦げる程度で大丈夫やから。それはもういける」と丁子屋さんの主人の元気な声がテーブルを回っていく。陳《ひ》ね生姜《しょうが》の卸したものを入れた濃口醬油につけて食べると、早春の香りが口中に広がっていった。

蘆を刈り開けて乗込み鮒釣れり　　茨木和生

冬の間、水底に溜まった落ち葉や木の枝、水草の中に潜んでいた鮒は、三月に入ると、そこを離れて動き出す。それを「鮒《ふな》の巣離《すばな》れ」といって、春の季語となっている。蘆《あし》は角《つの》を出し始めようとしているが、枯蘆《かれあし》を刈り開けて、乗込《のっこ》んでくる箆鮒《へらぶな》を釣っているのが掲句である。乗込みのころの鮒は卵を持っている。釣ってきた大きめの箆鮒を三枚に卸し、辛子酢や蓼酢で和えたものが鮒膾《ふななます》である。また、子を孕んでいる雌の腹から真子《まこ》を取り出して、炒り煮をして黄色くなったものを、細作りにした箆鮒の刺身にまぶすが、それが季語としては、「鮒《ふな》の子《こ》まぶし」「山吹膾《やまぶきなます》」という。川魚の刺身では、箆鮒の「山吹膾」が私には魅力のある食べ物だ。

場所移り移り雪代山女釣る　　右城暮石

山々の雪解《ゆきげ》が始まり、渓流の響きも高くなってくる三月の半ばごろに、関西の河川では天魚《あまご》の解禁日となる。天魚は天然のものは少なくなっているが、多くの釣り人が解禁日を待って各地の渓流に入る。このときに釣れる天魚を雪代天魚《ゆきしろあまご》と呼んでおり、人気者の魚である。関東のほうでは天魚より山《やま》女《め》が主流で、雪代山女《ゆきしろやまめ》と呼ぶ。天魚も山女も養殖が盛んになり、放流もされているので、関西の河川でも山女の存在が認められている。天魚や山女は一年中渓流に棲んでいるが、基本的には夏の季語である。秋には「木《こ》の葉山女《はやまめ》」という美しい季語があり、〈飛驒にをり木の葉山女といふ頃に〉という句を詠んだことがある。春の季語、雪代天魚や雪代山女は、塩焼きにして食べたことが多いと思い出している。

雪代の尺を越したる岩魚かな　　茨木和生

渓流魚で天魚、山女よりも上流に棲息しているのが岩魚《いわな》である。これも同じく岩魚だけでは夏の季語だが、雪代岩魚は春の季語となる。尺を越した雪代岩魚の刺身は脂が乗っていて実に歯ごたえのあったことを覚えているし、二十センチほどの魚体の岩魚でも塩焼きにすると、脂がぼとぼとと火に落ちるのを知っている。天然の岩魚の棲息地の南限は奈良県吉野郡野迫川村を流れる川原樋川《かわらびがわ》に沿う地、弓手原《ゆみてはら》だといわれているが、そこで私は、小さな蛇を飲み込もうとしている岩魚を見たことがある。まさに、季語の現場に立った瞬間であった。

酒少し淡海の鰉雛の夜　　森　澄雄

鰉《ひがい》は主として琵琶湖とそこから流れ出る宇治川に棲んでいる魚だが、それを食された明治天皇が、ことのほか喜ばれたというところから「鰉」の字が当てられたといわれている。焼いたり、煮付けたりして食べるのである。

海べりの春の訪れ

日本は海に囲まれた国だが、南北に長い地形のために南と北の温度差は大きい。これから語るのは、私の住んでいる地に近い海の春の訪れについてであるが、二月の終わりごろには山桜の咲き始めている熊野の海べりと、峰々に雪が輝き、地にも雪の残っている丹後や若狭の海では、春の訪れに二週間以上の違いがある。

山又山山桜又山桜　阿波野青畝

この句の句碑が、熊野川に沿って熊野本宮大社にゆく途中の山里、新宮市熊野川町日足《ひたり》に建っている。熊野灘に沿って走る列車からの風景も、この句と同じだ。列車の下は断崖となって海に落ち、その海はきらきらと日に輝きながら、沖に広がっている。山々は近くから遠くに高さを異にして重なるように聳えており、そんな山々の木々の中に、花の色の異なった山桜《やまざくら》が咲いている。山桜の咲き始めるころ、作家佐藤春夫の生家のある太田《おおた》川の河口の、四つ手網を使った白魚漁《しらおりょう》は盛期を迎える。

一《ひと》潮《しほ》の枡にいたらず白《しら》魚《を》汲み　茨木和生

白魚を食ふ集まりを抜け出づる

宇多喜代子

太田川では白魚《しらうお》の潮時ごとに籤引《くじび》きで当てた場所で白魚を汲《く》んでいる。引き当てた場所の、潮回りがよくなければ、一潮、すなわち潮が満ちて来て止まるまでに、白魚の漁獲が枡、すなわち一升にも満たないことがある。そんな時、白魚汲をしている男は、「連れがよう、浜で白魚飯炊くて言いやるで汲みやるんやが、辛いわよう」と言いながらも、にっこりとしている。きっと次の潮、引き潮のときに汲む自信があるからだろう。

翌朝の晴を見込んでいたのだろうか、男たちは日差しにあふれた砂浜に石を集めて竈《かまど》を築き、流木を拾って来て火づくりをして、浜で白魚飯を炊いている。ビニールの敷物を広げて石で押さえ、持ち寄って来た料理や酒、ビールなどを置いてゆく。炊き上がった白魚飯を女たちは甲斐甲斐しく立ち働いて茶碗に盛り、配ってゆく。その時、なにかの用事を思い出したのか、食べはじめてしばらくして、そこを抜け出してゆく一人がいた。

同じころ、別の浜に寄ってみれば、そこでは菜飯《なめし》をつくり、「冷凍しといたものやが」と言いながら、伊勢海老の刺し網にかかっていたという磯蟹《いそがに》を叩き割って、煤まみれの鍋でみそ汁を作っていた。しばらくすると、「目張《めは》り（目張り鮨）つくるんかよ」と声が飛び、「菜飯で食おらよ」と声が戻って、熊野の大らかな言葉が明るい海辺に広がった。ここでの菜は、「目張り鮨」に使う高菜の古漬けだ。「食べて行けよ」とどんぶりに入れた蟹汁をよばれた。

熊野の海といっても、私がよく行くのは新宮市三輪崎《みわさき》の海である。三輪崎は、『万葉集』にも詠まれている歌枕の地であり、三月十五日はここで鮑《あわび》や栄螺《さざえ》を漁《すなど》っているあま（海士・海女）の「磯開《いそびらき》」の日である。

さて、この日のしばらく後の日曜日にもなると、春の大潮が近い。潮が大きく引くので、どこにこれほどの子どもがいたのだろうかと思うほどに、たくさんの子どもが、祖父母に親に連れられて、潮の引いたこの磯にやってくる。季題にある「磯遊《いそあそび》」だ。漁を休んでいる海士も海女も孫子を連れて、潮の大きく引いた地磯《ぢいそ》に出ている。

磯遊びせる声を風運び来る　右城暮石

春の海と触れ合う子どものかがやくような声が広がり、「大春《おおはる》やねぇ。昔、俺のじいさんはこんな海の輝く日和を大春と言いやったよ」と子どもたちに語っている大人たちの声も、風に乗って聞こえて来る。

熊野の海から戻って二週間ほど後に、丹後の海べりに立ってみると、海の色に、熊野で見てきたような明るさはまだないけれど、それでも雲を洩《も》れてくる日差しはたしかに春めいているといった感じがするのであった。

子も孫も都に住むと若布干す　茨木和生

ＮＨＫの朝の連続テレビ小説「ええにょぼ」の舞台となった京都府丹後半島の伊根《いね》町にある、不老不死の薬を求めて渡来したという徐福《じょふく》を祀っている祠のそばでの作である。「子や孫には、天然ものの若布《わかめ》を天日で干して送ってやりたいと思っているんです」と語ってくれた老夫婦との会話の中で生まれた一句だ。

山に花海には鯛のふゞくかな　　松瀬青々

明石海峡に船遊《ふなあそび》をしての吟詠だろう。六甲や須磨の山並には山桜《やまざくら》が吹雪《ふぶき》のように散っている。ここ明石海峡に、春となり乗込《のっこ》んで来た桜鯛《さくらだい》が群れて身を寄せ合っている光景を「ふゞくかな」と詠んだ勢いのある作品である。

のめ

歳時記を見ると、たくさんの季題、季語が出ている。よく普及している一冊本の歳時記では、収録されている季題、季語の数は約二千五百語、傍題季語、別名季語を入れると五千語近くある。それらは時候・天文・地理・生活・行事・動物・植物という項目に分類されている。そして季題、季語と、傍題があればそれを示し、解説をしていくつか例句を載せるというのが、一般的な歳時記の様式である。

私は竪《たて》の題、すなわち和歌、連歌の伝統を負う季《き》の詞《ことば》を季題と呼び、横の題、すなわち俳諧の時代以降になってできた季の詞を季語と呼んでいる。季題は固定されているが、季語は江戸時代はもちろん、明治時代以降も増えていく。たとえば、「春潮《しゅんちょう》」「春泥《しゅんでい》」「春《はる》の闇《やみ》」「蜃気楼《しんきろう》」は、明治三十年前後に高濱虚子や松瀬青々によってはじめて詠まれた季語だし、「万緑」という季語が中村草田男の句によって定着したというのはよく知られていることである。

季題、季語を一つひとつ見ていくと、その多くは人々の暮らしと関わっている。暮らしとは日常の生活のことだが、人々はそれぞれの地に住み、さまざまな仕事をして暮らしている。林業、炭焼き、狩猟などの山の暮らし、田畑を中心にした農業をはじめ、季節に繋がりのある商業など平地での暮らし、漁業を軸とした海の暮らしのなかで育《はぐく》まれてきた季節に関わる言葉で、季語に取り入れられたものはたくさんある。

なかでも生活に分類されている季題、季語がいちばん多く、七百語をこえている。傍題季語を含めると倍近くの数になるが、それらは直接暮らしと関わっているものなのである。ついで多いのが植物の季題、季語で七百語近く、動物のそれは三百語をこえている。時候、天文、地理の季題、季語は合わせて四百語あまりである。これらを用いた作品は自然詠が多いというのが特徴だが、暮らしの中で詠まれたり、暮らしと関係づけて詠まれたりした句がたくさんあることは見逃せない。たとえば、

のめといふ魚のぬめりも春めけり　茨木和生

「春《はる》めく」とは、寒さがゆるんで、春らしさが目に見えて濃くなり、すべてのものがいきいきと感じられるという時候の季語である。この句は、一見すると自然詠のようだが、暮らしと関わって詠んだ作品である。

「のめ」という魚の名前は、丹後地方のごく限られた地域で呼ばれているだけで、学名は「ノロゲンゲ」という魚のことだ。海の中で泳いでいる「のめ」を見て詠んだ作品なら自然詠かもしれないが、この「のめ」は松葉蟹《まつばがに》漁の網の中に入っていることのある深海魚である。そしていま私が眼にしている「のめ」は、商品として店先に並べられている魚なのだった。吟行をしていての所産だが、蜜柑《みかん》も野菜も磯に出る履物の草履も売っている何でも屋といってよい店の木のトロ箱（鮮魚を入れる箱）に、

鰰《はたはた》と一緒に入れられたその魚を目に留めたのがきっかけでうまれた句である。「兄ちゃん、のめ、買うていってよ」と、綿入《わたいれ》を着た店番の老婆にいわれて、その魚は「のめ」という名前だと知り、「触らしてや」と言葉をかけて老婆の笑顔をもらい、その魚を日差しにかざして持った。ゼラチン質の液体を塗ったような鱗のない魚体はぬめぬめとして、日の光に透いていた。「味噌汁に入れてもうまいし、一夜干しにしてあぶってもうまい」とも聞いて出来た句である。この地に暮らす人々の、この季節の食生活と結びついている魚を詠んだものだということである。

私は吟行とは自然に触れるけれど、同時にその地に暮らす人々やその暮らしそのものに触れることだと思っているから、この句も、この地の暮らしの中で捉えた「春めく」という季感を詠んだ句だと思っている。

のうれんに東風吹《ふく》いせの出店哉　　蕪村

伊勢の商人は、京都や江戸で伊勢屋という屋号を掲げて商売をしていたが、伊勢屋と白く染め抜いた紺の暖簾《のれん》が春の訪れを感じさせる東風《こち》にはためいているという、店の様子をあざやかに描いた作品だ。「東風」とは天文の季題だが、この句も暮らしを描いている。もともと東風は海辺に暮らす人々の使っていた言葉だったのだが、和歌に用いられ、竪の題ともなったのである。

鰆東風鳥居を潮ひきそむる　　斎藤梅子

「鰆東風《さわらこち》」は「東風」の傍題季語である。瀬戸内海で鰆がよくとれるころに吹く東風だが、鰆の豊漁をもたらす風でもあったと思う。「めばる東風」という東風もある。これらは漁師の言葉で、俳人が季語として定着させたのである。「鰆東風」「めばる東風」という風は、瀬戸内海の沿岸地方に住む俳人には、耳にし、体験もできる風だと思われる。ぜひこれらを季語とした作品をたくさん見せてほしいものである。

雪解川名山けづる響かな　前田普羅

雪解《ゆきげ》、雪解《ゆきどけ》は地理の季題である。こんな勢いのある大きな自然詠もあるし、

ブランデー楽しんでゐる雪解かな　井村経郷《けいきょう》

といった暮らしと関わった新鮮な作品もある。

木の芽・草の芽

歳時記を見ると、食べ物の季題、季語がたくさん並んでいる。よく知られているものから、これってどんなものなのと思う、私が見たことのない食材や食べ物までも出ている。

私のことを「食通だ」と言う方もおられるが、それは当たっていない。かと言って、「げてもの食い」でもない。ひと昔前までの暮らしの中にあった食べ物を懐かしんで食べていることが多いのである。私の文章でどんな美味しい食べ物が季語として紹介されるのかしら、と期待されては困るから断っておくが、野に山に、海辺にある自然の食材や作ろうと思えば貸し農園でも作れるような食材を中心に、近所の魚屋や八百屋に出かければ手にはいるような食材で季節感のあるものについて書いているつもりである。

春の語源説の一つに草木の芽の張るころだからというのがあり、陰暦二月の異名の一つに木《こ》の芽《め》月《づき》というのがある。人々の待ち焦がれていた草木の芽が出て来て、若葉を広げるのが春なのだ。ところが、日本列島は南北に長く、人々の住んでいる地も平野や盆地から山の中まで標高差は千メートル以上あるから、木の芽や草《くさ》の芽《め》の出てくる時季に大きな差が生じる。それを十分に書き分けることはできないので、私が書くのは、私の住む近畿地方が中心となる。

さて、私たちの祖先は、春の、やわらかい草木の芽をどんなふうに料理すれば美味しいのか、失敗を重ねながら私たちに伝えてきた。

＊

楤の芽は刺を境に折られけり　阿波野青畝
楤芽摘む過不足のなき二人分　伊藤敬子

山菜の王様とも呼ばれているのが楤《たら》の芽《め》である。山が開発されたり、楤の芽を摘むのでなく木を切ってしまう者がいたりして、いまでは野山で楤の芽を見つけることがむつかしくなっている。私は木に傷をつけないように、古い捕虫網を改良して使い、楤の芽を摘んできた。

阿波野青畝の句は、おそらく野生のものだろうが、楤の芽の摘み方をよく知っている。現在、百貨店などの食品売り場に出ている楤の芽は畑で栽培されたものである。

伊藤敬子さんの句は、木曾駒高原の山荘の庭に生えている楤の木だそうだが、「過不足のなき二人分」に、次に摘む人への心遣いや、楤の芽に対する思いやりの深さがあり、心底から自然を愛している姿が見えてくる。

水音にも山国の張り楤芽あへ　鍵和田柚子

摘んできた楤の芽は、この句のように和《あ》え物にするのがよく知られている。胡麻《ごま》や胡桃《くるみ》を使った和え物だろうか。「水音《みおと》」の響く山の宿での楤芽和は格別の味だったことだろう。楤の芽は、吸い物や味噌汁にもするが、天ぷらの食材にも好んで使われている。

一雨のとほる湖国や木芽和　　蘭草慶子

料理で木《き》の芽《め》といえば、山椒《さんしょ》の芽《め》のことである。若い筍《たけのこ》を使った木《き》の芽和《めあえ》は歯ごたえがあり、色鮮やかで香りもこまやかだ。山椒の木は庭でも、植木鉢でも手軽に作ることができる。この句、近江の国に宿って、旬の挨拶のように出てきた夕餉の木の芽和への讃歌である。一雨の通り過ぎた湖の美しさも見えてくる。山椒の若い葉は、お吸い物に浮かせるとぱっと香りが広がる。

草の芽でいえば、私は香りの高い山野に自生している独活《うど》の芽《め》が大好きだが、楤の芽と同じように、山独活の芽を探すのはむつかしくなっている。見逃していた山独活は夏の間、葉を広げて大きくなっている。秋になると独活の葉は枯れるが、茎は枯れ色を伴いながらも残っている。それを目印にして、その根元に独活の芽を見つけることができるのだ。

雪間より薄紫の芽独活哉　　翁

雪間《ゆきま》とは、春になって山の斜面や丘の雪が消えかかって地肌の見えているところのことだ。そんな雪間では蕗の薹が一番見つけやすいのだが、芭蕉は薄紫色をして、その先端部分を見せている山独活の芽に目を注いでいる。季節の物を捉える芭蕉の目の鋭さの見える作品である。山独活の太い芽は、生のまま味噌を塗って食べるのが私は好きだが、胡桃味噌和にしたものもなかなかだ。薄味で煮たり、吸い物に入れたりして香りを存分に味わう。山独活も一部で栽培されており、もやし独活はスーパーの店頭にも並んでいて、その歯ざわりや香りを味わうことができる。

野蒜掘る明日香の丘に日遍し　　藤本安騎生

私とこの句の作者、そして二人の師である右城暮石は、野の草が好きだ。春になると、鍋やコンロをはじめ、料理道具を積み込み、調味料も整えて、大和の野に山に車を走らせ、野遊びを楽しんできた。食材は現地調達である。野蒜《のびる》を掘り、浅葱《あさつき》を切り取って、それをぬたにしたりして食べてきた。これもいけると、葛《くず》の芽《め》や通草蔓《あけびづる》の芽《め》を摘んできて、暮石は粉をつけて天ぷら鍋に入れた。

水中にまで蓼の芽の拡がれり　　茨木和生

貝割菜《かいわりな》のような蓼《たで》の芽《め》は、刺身のつまに使うが、野で作るお吸い物にパッと散らすのもいいものである。

磯遊

歳時記で「生活」に分類されている季題・季語はすべてが暮らしと結びついている。なかには大都会に暮らしていると体験できないこともあるが、その気になって海べりの町や村に、林業や狩猟、農作業が営まれている現場に出かけて行くと、目にし耳にし、手にとって触れ、ときには食べて味わうことのできる季題や季語はたくさんある。

海のない奈良県に生まれ育ち、大阪に勤務して、定年後に故郷近くに戻って暮らしている私は、いまも山のかなたにある海へのあこがれを強く持っている。海といっても、私が作句のために出掛けるのは、せいぜい近畿地方の海であるが、太平洋側では、伊勢志摩や熊野の海、日本海側では、丹後や若狭の海であり、家から電車を使って一時間から二時間足らずで行くことのできる紀淡《きたん》海峡や『万葉集』で「茅渟《ちぬ》の海」と詠まれていた大阪湾や明石海峡などだ。

では、それらの海を思い描きながら海べりの地に案内しよう。歳時記には、海べりの地に出かければ体験できる、すなわち暮らしとともにある季語の現場に立つことのできる季語として、春なら「磯遊《いそあそび》」「磯菜摘《いそなつみ》」「潮干狩《しおひがり》」などがある。

磯あそび媛《ひめ》神《がみ》まつる岬まで　下村梅子

旧暦の三月三日は雛祭だが、この日を磯遊の日と決めている地域はかなりあった。その日は漁を休んで一家総出でおいしいものを入れた弁当を持って磯に出かける。大潮の時分だから、大きく潮が引いて磯が広がり、貝を拾い磯菜を摘んだりするのに都合のよい時期だったのだ。掲句のように、磯に祀っている磯宮さまにもお参りをした。子供たちの学校の関係で、今では三月三日前後の土曜日か日曜日に行うところが多くなっている。このころ、農耕の暮らしをする人々は一日は農作業を休み、ご馳走を持って野に出かけ、「野遊《のあそび》」をした。野遊の歌は『万葉集』にも詠まれている。「野遊」は竪《たて》の題の季《き》の詞《ことば》、季題である。

寄する波足《あ》裏《うら》に親し磯遊び　加藤耕子

その地に暮らす人々の磯遊ではないが、わたしたちが磯に行き、貝を採ったり、磯菜を摘んだり、磯波と戯《たわむ》れたりすることも、磯遊として詠んでもよいだろう。その磯が海女《あま》、海士《あま》の暮らしの場であれば、「磯開《いそびらき》」「磯焚火《いそたきび》」「磯竈《いそかまど》」「海女《あま》」「磯嘆《いそなげき》」「磯笛《いそぶえ》」などの季語の現場に出合えるだろう。

磯開海女が煮しめを運びくる　皆川盤水

護符貼つて男を寄せず磯竈　田本十鮑

磯笛と磯なげきとは異なると　右城暮石

磯に立って、磯周りを見、沖を眺め、海女と挨拶を交わしながら話をすることで授かる句もあるはずだ。磯竈の句を詠んでいる田本十鮑さんは、俳号通り、十尋《とひろ》の深さの海に潜って鮑《あわび》を獲ってきた。熊野の歌枕の地、三輪崎《みわさき》の海を暮らしの場とする鮑海士だった。

防人の妻恋ふ歌や磯菜摘む　杉田久女
燈台下摘むべき磯菜なかりけり　阿波野青畝

磯遊のついでに磯菜摘も楽しむことができる。海に暮らす人々が暮らしの糧《かて》にしている鹿尾菜《ひじき》や若布《わかめ》を採ったりしてはいけないが、磯岩に着いている岩海苔《いわのり》や石蓴《あおさ》など、味噌汁に入れる程度を摘むのなら誰も咎《とが》めだてはしないと思う。

磯菜がなくてもがっかりしないで句を詠むべきである。阿波野青畝のこの句を詠んだ眼は、いろんな吟行の場で役に立つ。そしてなによりも、磯に立って潮風を受け、磯鵯《いそひよどり》の囀《さえず》りを聞きながら磯菜を摘むという体験は、後々の大きな財産になるはずだ。

＊

春、夏、秋は農耕の暮らしにとって大切な季節だから、暮らしと結びついた季題、季語はたくさんある。しかし、農作業は五、六十年前とは大きく変化している。

耕《たがやす》に馬持《もち》し身の嬉しさよ　召波

山国の小石捨て〲耕せり　沢木欣一

子を産みしときの力や耕せる　鷹羽狩行

召波《しょうは》は明和八年（一七七一）に亡くなった江戸時代の俳人であり、鍬で耕していた農夫が耕馬を手に入れたときの喜びを詠んでいる。それまでは、〈千年の昔のごとく耕せり〉という富安風生の句のように鍬を使った耕《たがやし》が、ここに掲げた二句のようにして続けられてきたのである。

「耕《たがやし》」は、野菜、根菜などの種を蒔いたり、苗を植える前に田や畑の土を鋤き、耕すことをいう。いまでも耕耘機《こううんき》の入らない山田や山の傾斜地では、鍬を使った耕が行われている。身近なところで言えば、貸し農園を借りて耕の実体験をしてみてはどうだろう。大根や菜の種を蒔いて収穫するまで、季語と関わった暮らしをしようと思えばできるものである。

大和また新たなる国田を鋤けば　山口誓子

「田打《たうち》」とその傍題季語に「田《た》を返《かえ》す」「田《た》を鋤《す》く」があるが、これは田植《たうえ》に備える作業のことだ。誓子の句は昭和二十九年の作だから、牛を使って田を鋤いていたのだろうが、こういう視座で田打を詠めば、耕耘機時代にも通用する。鋤かれた真っ黒の土を見て、誓子は新たな国がそこに生まれたと詠んだのである。

薬の日

こんな表題をつけると、「薬《くすり》の日《ひ》」は、ごく最近に名づけられた何かの記念日のように思われそうだが、じつは上代から五月五日は「薬の日」「くすりび」として、薬狩《くすりがり》が行われた日だった。人間が生きていくうえで、食べ物は一番大切であろうが、薬もまた大切な物であったに違いない。薬草をはじめ、樹皮や木《こ》の実《み》やその根、昆虫や魚、爬虫類をはじめさまざまの小動物、大きな動物でいえば熊《くま》の胆《きも》などと、長い年月をかけて、薬となるものが見つけられてきた。

歳時記を見ると、「薬」と字の付く季語が新年の「御薬《みくすり》を供《くう》ず」「薬子《くすりこ》」からはじまって、夏の「薬の日」「薬草摘《やくそうつみ》」「薬玉《くすだま》」「薬降《くすりふ》る」「薬狩」「薬猟《くすりがり》」、秋の「薬採《くすりと》る」「薬掘《くすりほ》る」、そして冬の「薬喰《くすりぐい》」と出てくる。なかでも現在も季語としてよく用いられているのが「薬喰」で、その例句はかなりあるのだが、薬という字の付く他の季語の、現代俳人の例句を見つけるのはなかなか困難である。私の少年時代といっても、もう五十年以上も前のことになるが、おそらく旧暦の五月五日ごろだったろうか、母に連れられて現《げん》の証拠《しょうこ》を採りに山に入った記憶がある。「赤い花はあんまり効き目がないんやで、白い花の現の証拠を摘むんや」といわれていたことを思い出す。里山を歩いていてよく目に付くのは赤花現の証拠だけれど、今でもやはり白花現の証拠を摘んでいる人がいる。

うつばりに並ぶ釘穴くすりの日　黛　執

家の太い梁に並んでいる釘穴には、かつて五寸釘が打たれていて、そこには蕺草《どくだみ》や現の証拠、当帰《とうき》などの薬草が干されていた。今日は薬の日と思い遣って、梁に残っている釘穴に目をやり、そこに干されていた薬草のことを思い出しているという作品である。私の家でも同じように梁に薬草を吊っていたが、それらは夏場に煎じて、暑気中《しょきあた》りや水中《みずあた》りをしないようにお茶代わりによく飲まされていたものである。

日帰りの出来ざる山に薬狩　茨木和生

薬草や樹皮、木の根などを採取して日銭を稼いでいる人を詠んだ作品だ。修験者ではない出立《いでた》ちの人が大峯山《おおみねさん》の道に入っていくのを見て、きっと薬狩の人だろうと思って詠んだのである。

宇陀の野に薬草掘りにいざ行かむ　下村梅子

「薬草掘《やくそうほり》」は、秋の季語である。二十年ほど前だっただろうか、私も宇陀の野で千振《せんぶり》を掘って帰り、それを干していたことがある。千振は胃腸薬だが、私はコップの湯の中でちょっと振って、眠気覚ましに使っていた。「宇陀の野」は奈良県宇陀市の山野で、ここは古くから薬草の宝庫だった。宇陀市大宇陀区にある森野《もりの》旧薬園は、江戸期に開園された薬草園で、現在も約二百五十種の薬草を育てておおり、有料だが誰でも入園することができる。

蛇の鬚も薬草にして名札立つ　右城暮石

落葉して薬草の根を養へり　同

この二句は、冬の森野旧薬園で詠まれた作品である。

＊

五月五日に薬狩をしたことは、古い記録では『日本書紀』の推古天皇の項に、「十九年の夏五月《さつき》の五日に菟田野に薬猟《くすりがり》す」とあることでも知れる。『万葉集』の歌、

あかねさす紫野行き標野行き野守は見ずや君が袖振る　額田王

の詞書は「天皇、蒲生野に遊猟したまふ時」とある。

この時も五月五日であったことは『日本書紀』で解る。私にとってさらに関心があるのは、いま私の住んでいる奈良県生駒郡平群《へぐり》の山で薬猟がされていたという万葉歌があることだ。『万葉集』巻十六にある長歌で、その一部を抜粋してみよう。

（略）八重畳　平群の山に　四月と　五月の間に　薬猟　仕ふる時に（略）さを鹿の来立ち嘆かく　頓に　われは死ぬべし（以下略）

歌の意味は「八重畳の平群の山で、四月から五月にかけて、薬狩に仕えております時に、（略）一頭の牡鹿が現れて嘆くことには、まもなく私は死ぬでしょう。（以下略）」というもので、この歌を見れば薬猟の対象は鹿であったことが分かる。四月と五月の間に鹿を狩っているのだから、この頃の鹿は袋角を持っている。袋角は「鹿茸《ろくじょう》」といって、補精強壮剤として珍重されていた。この万葉歌ではそのことに触れられていないが、読み進んでいくと、

わが肉は　御鱠はやし　わが肝も　御鱠はやし

と続く。肉も肝も鱠《なます》にして生食していたことがこの部分で分かる。やはり暑い夏場に向けて体力をつけるために薬喰をしていたのだろう。

食　ひ　ぶ　ち　も　穫　れ　ぬ　生　国　薬　降　る　　茨木和生

薬の日の昼ごろに降る雨を「薬降る」といい、「神水《じんすい》」といって薬を作るのに効果があるといわれてきたのであった。

京都の筍

終《つい》の棲家だと決めて、いま棲んでいる平群《へぐり》の地に移って来るまでの約二十年間ほど、私は京都市西京区に住んでいた。もともと大きな竹藪だったところを拓いたニュータウンだっただけに、少し街を外れると、手入れの行き届いた孟宗《もうそう》の筍藪《たけのこやぶ》となっていた。小高いところに登ると、西南の方向から西北の方向へ約十キロほど筍藪の延びている長岡丘陵が見える。ここの土は粘土質の酸性土壌だが、その土が筍の成長に適っていた。十八世紀終わりごろから筍の栽培が始められている。

筍 や 乙 訓 土 目 よ ろ し く て　　茨木和生

筍好きの私は、吟行がてらここの竹藪によく入って筍を買っていたものである。「ここの朝掘りの筍なら、湯掻かいでそのまま煮付けてもろたらおいしいんや。それほど、乙訓《おとくに》の藪は土目《つちめ》がよろしいんやで」と、筍を掘る手を止めて、「家で食べはるんやったら、ちょっと鍬切れの入った筍を安うしときますし」と、道端のテント掛けまで出て来て、竹籠にかけたどんごろすの覆いをとり、「これで五百円かな」と手秤で売ってくれた。

この乙訓では、筍藪に仕立てようとした当初から、粘り気の強い赤土に草肥を入れ、人糞を打ち広げ、藁を敷いては土を盛るという藪養生を繰り返してきたといわれている。「ここは竹田やさかいに、下駄はいて入ったらあかんのや」と、育《はぐく》んできた先祖を思い遣りながら、「ここの土目はほんによろしいんや」という、誇らしげな声をよく聞いてきた。

朝の雨声がきれいで白子掘　岡井省二

筍は朝掘りといって、日の出る前から藪に入って掘っている。まだ土の中にある、少し黄金色がかった白さの竹の皮につつまれた上質の筍を白子《しらこ》と呼んで、刺身で食べたりするものである。白子を主にした筍料理のフルコースを出している料理屋が乙訓にはいくつかある。三月の終わりごろに出始める白子は高級なものだから、街中の八百屋の店頭に並ぶことは、地元の京都でもめったにない。

筍の成長は早いから、大降りの雨でないかぎり朝早くから掘られていく。筍を集めるために、ときには筍を掘るために女の人も藪に入ることがある。はんなりとした京言葉を使っていて、美しく柔らかな声を筍藪のなかで、幾たびも聞いたことがある。「うちの藪の筍も白子はもちろんやが、掘り遅れた皮の黒い太い筍でも土目がええさかいにあくがないんやで」と聞いていたのは、こちらのほうが家から近かった物集女《もずめ》の筍藪でだった。かつては長岡丘陵と同じほどの長さで竹藪があったのだろうが、私鉄の沿線に近かったので、宅地化が進んだようだ。それでもかなりの広さの筍藪があるし、蕨《わらび》狩《がり》をするようなところがいまも残っている。

しろしろとたかんな珠と掘られたる　加藤三七子

たかんなは笋とも書き、筍のことであるが、掘り出された白子を「珠」に譬《たと》えているほどに、見た目にも美しいものだ。

筍に出かかりし根の燕脂色　右城暮石

担ひ来る筍の嵩減りもせず　茨木和生

四月半ばを過ぎると、筍は最盛期を迎える。緑がかった金色の穂先を見せている筍が次々と掘られてゆくのである。その筍を竹籠に入れて担《にな》い、あるいは猫車に乗せて板道の上を集荷場まで運んでゆくのだ。掘り出された太い筍を見ると、その根元には燕脂色をした、根となる疣《いぼ》状のものが突起している。私はそんな根元の硬い部分の含め煮が好きなので、大きな筍を茹でる専用の鍋を持っている。朝早くに筍藪に入って買って来た筍は、家に戻るとすぐに茹でるのが、美味しくいただくこつである。

竹の秋孟宗淡竹真竹の順　右城暮石

竹秋《ちくしゅう》は旧暦三月の異名でもある。このころの竹の葉は筍を育てるために黄色くなって枯れてくるのだ。その枯れてゆく様子をよく観察していた暮石は、孟宗竹、淡竹《はちく》、真竹《まだけ》の順番で葉が黄ばんでいくことを見ている。じつは、筍がでる順番もこの句の通りなのである。

孟宗の筍が終わりに近づく五月半ばを過ぎてまもなくすると、淡竹の子が上がってくる。淡竹は太いものでもその根元で直径が五、六センチだ。淡竹は孟宗のように土入れをしていないので、鍬で少し掘って採ったり、細いものは鎌で刈ったりして採る。店頭に並ぶことは稀だが、淡竹の生えている藪沿いの道を歩いていると、無人売り場に出ていることがたまにある。

淡竹の子折りて女が横抱きに　　右城暮石

淡竹の子は蹴って折って採ることさえできる。私は淡竹が好きだとつねづね語っているので、どこからとなく淡竹の子が送られてきたり、「食べてくれはるんやったら、なんぼでも掘ってや」と、ご近所から声がかかってくる。

淡竹が終わりに近い六月十日ごろになると、真竹の子が上がってくる。金色の幣のようなものを穂先にひらひらとさせている。柔らかな筍で、薄味で煮付けたものなど、一味違った味わいのある筍である。七月に入っても出ている筍だ。私の子供のころは、淡竹の子も真竹の子も格好の糅飯《かてめし》の材料であった。

泥落し

「泥落《どろおと》し」という題で俳句を発表したことがある。その時「泥落し」とは何かと聞かれたので、説明しておこう。大阪から出版された歳時記『新撰例句箇明歳時記』（里見禾水《かすい》編）に登載されている季語である。じつはこの歳時記、三田きえ子さんが主宰する「萌」の印刷所の社長から、ぼろに入っていたものだがと、贈られたものである。表紙も奥書もないものだったが、大阪を軸にして西日本に伝わっている季語を重視した歳時記で、大文館書店という出版社から、昭和九年に版行されたもののようである。里見禾水（明治十五年〜昭和二十一年）は鳥取境港の生まれで、大阪で薬屋を経営していた、河東碧梧桐ゆかりの俳人らしい。

さて、その歳時記には、「泥落し」がこう解説されている。

　農家に於て田を一先づ植へ《ママ》仕舞ひて暫く休養す、これを泥落しと謂ひ小麦団子をつくりて食ふ。此期を利用して商人共村落に出商ひをなす。半夏市と呼ばる。此休み終はりて田草取が始まるなり。

「小麦団子を作りて食ふ」といい、商人が「出商ひをなす」といい、懐かしく思い出す人もいるに違いない。

この歳時記には、「泥落し」の補助季語として「田植休み《たうえやす》」「半夏市《はんげいち》」が載せられている。掲載されている例句を上げておこう。

簸川べの小村小村や泥落し　松秋
いちこはとこ集ひて田植休みかな　皇松
いかさまのもの商ふや半夏市　玉蟬花

「泥落し」という言葉は、大和、河内でも使われていたことを知っているが、例句にある簸川《ひかわ》は宍道湖《しんじこ》に流れている川だから、島根県でも使われていたことが分かる。

私が「泥落し」で発表したもののなかに、

飣持ち寄りて来て泥落し　茨木和生

という句がある。「飣《さいのもの》」とは貯えてあった食べ物の謂《いい》で、食べ物を持ち寄ってきて食べたのだ。松秋さんの句もそうだが、私の句も小さな集落の共同の早苗饗《さなぶり》を詠んだものである。

天敵

「おれが海にはまりに行くときよ、腕に新しい輪ゴム、しいやるねぇ。輪ゴムは海士の七つ道具のひとつよのぉ」

と、海士《あま》の田本十鮑さんが言っていたことを思い出す。

「おれはど近目やろ、手探りで鮑獲《あわび》りやるから、鱓《うつぼ》にがぶっと指をやられるんよ。そんなとき血止めに使うのが輪ゴムよ。なんぼ鱓に噛まれて痛い目におうても鱓は連れやよ」

と十鮑さんはいっていた。どうして鱓が連れなのかと不思議に思っていると、

「鱓は蛸《たこ》を食べてくれるでね」

と意外な答を返してくれた。そして、「蛸は鮑の天敵やわで」と笑った。

蛸はその吸盤で鮑の呼吸孔を塞ぎ、鮑が苦しくなって岩から離れたところを捕食するという。

「うまいことといけば、鮑も蛸も獲れるがのぉ、そんなのめったにないわで。鱓は岩穴や岩の隙間に入っていて、這ってきた蛸を瞬間的に食うてくれるから、鱓は連れやよ。海の底のことは海士《あま》しかわからんやろねぇ。鮑の天敵は蛸、蛸の天敵は鱓、鱓の天敵は、仕掛けで獲りやる人間かなぁ」

とも、十鮑さんが笑っていたことを思い出す。

こんな話から語り始めたのは、「奥の細道羽黒山俳句大会」に参加するために芭蕉の句を読んでいて、芭蕉は天敵についてもよく知っていたのではないかと思ったからである。『おくのほそ道』に芭蕉のこんな句がある。

這出よかひやが下のひきの声　　芭蕉

『日本古典文学大系45　芭蕉句集』（岩波書店）の大谷篤蔵氏校註によると、「養蚕で忙しく立ち働いている清風の宅。飼屋の下で蟇が悠然と鳴いている。自分もひまだ、這い出して来い、相手になってやろうの意」となっており、この句意が通説のようである。そして「かひやが下の」の措辞は、『万葉集』巻十の歌、

朝霞鹿火屋が下に鳴く河蝦声だに聞かばわれ恋ひめやも　　詠み人知らず

によるものと注記されている。万葉歌の河蝦《かわず》は土蛙《つちがえる》か蟇《ひき》だろう。

実は蟇は蚕の天敵なのである。

三十年ほども前、岐阜県の山間部を歩いていて、プレハブの蚕飼屋の外に打ちのめされていた四、五匹の蟇を見て驚いたことがあった。飼屋の人に聞いてみると、「どこから入るのか、飼屋に入った蟇は一晩に二十四くらいの蚕を食べてしまう」という答が返ってきた。

牛蛙が金魚の天敵であることは、私は大和郡山市で育ったからよく知っていた。地に叩きつけられ

て、口から三センチ足らずの稚金魚を吐き出して死んでいる牛蛙を、子供のときから見てきたのだ。大和郡山の人たちが金魚を生業《なりわい》とするようになったのは、明治に入ってからだが、養蚕の歴史は古い。芭蕉は尾花沢滞在中にでも、蟇が養蚕の天敵であることを人づてに聞いて知っていたのではないか、と思われるのである。飼屋の下に蟇が来ていたのは蚕を狙ってであるということを、芭蕉は知っていたのではないか。

「蟇よ、お前は蚕を狙ってこの飼屋の下にまで来ているが、どんな面をしているのか、見てみたいものだ。這って出て来い」というのが私解である。

鯖の旬

旬《しゅん》といえば、母がよく言っていたこんな言葉を思い出す。

農家の出身だった母は、裏畑で野菜を作り、「旬のものさえ食べてたら息災や」とか、「水菜は霜が四、五回降りたらやわらこうなるし、やっぱり旬のものはおいしいなあ」と、旬の目安となる言葉を添えていた。旬が過ぎても、自分が育てた野菜だから捨てることはしなかったが、湯掻《ゆが》いたり、種油を使って炊いたりとか料理法を変えながら、「旬は争えんわ。あくが強うなってもみないい（味がよくない）なあ」とよく独りごちていた。

旬というのはおもに野菜や果物、魚介類などの、そのものの出盛りの時期や最も味のよい季節に使う言葉である。だから、季語として歳時記に載っているこれらのものは、旬をもってその季節を決めたと見てよいだろう。

促成栽培や抑制栽培、養殖や輸入、冷凍保存などで、現代では旬というものがなくなったかに見えるが、それはなにもいまに始まったことではない。たとえば、十九世紀はじめに出版された式亭三馬作の滑稽本『浮世風呂』に、「お江戸に産まれた衆は豆が何時出来る物やら、芋は何時に実の入るものやら、旬をしりませぬ」とある。江戸時代後期ともなると江戸は都市化が進み、生産地と離れてしまったために、旬への関心が低くなっていたのだろう。

鯖の旬即ちこれを食ひにけり　高濱虛子

そのものずばりの作品である。虛子はどんな料理をして鯖《さば》を食べたのだろうか。「鯖」は夏の季語だから、旬はもちろん夏である。「鯖《さば》の活《い》き腐《くさ》れ」といわれるくらいで、しめ鯖か味噌煮、梅干煮だったかもしれない。それとも旬の鯖を、地元の人がこれが一番だという調理法で食べたのかもしれない。

跳ねつづけしぶきやまぬを鯖料《はか》る　山口誓子

同時発表句に、〈吾を乗せ盛夏の太平洋うねる〉というのがあるから、三重県志摩地方の的矢《まとや》漁港から出た漁船に乗っていての作であろう。テレビ番組に出演していた誓子は、釣れたばかりの鯖を刺身にしようと漁師さんが捌《さば》いている場面をみていたのである。

私が「鯖の刺身は漁師の特権やよ」と聞き、「これほどうまいものはないわで」と聞いたのは、熊野の漁師さんからだった。

狐火や鯖街道は京を指す　加藤三七子

京都の鯖鮨はよく知られているが、その鯖は若狭から鯖街道《さばかいどう》と呼ばれる山越えの最短距離の道を背に負われて運ばれた。出荷の前に振った塩が京都に着くころにはよくなじんでいたといわれている。

奈良県吉野地方の柿の葉鮨は、熊野から運ばれてきた塩鯖を使うが、これらの鯖は、本鯖《ほんさば》とも呼ばれる真鯖《まさば》である。真鯖は比較的沿岸近くで獲れるから、品質のよい塩鯖ができたのだ。沖合いを回遊する鯖は、腹部に黒い斑点のある胡麻鯖《ごまさば》で、味は真鯖より落ちるといわれているが、土佐清水漁港でよく水揚げされるこの鯖は「清水鯖」と呼ばれ、肉厚なので刺身にもしめ鯖にもよく、皿鉢《さわち》料理に盛られたその姿鮨は私の大好物である。

歳時記を見ると「秋鯖《あきさば》」という季語も出ている。ことに十月ごろに獲れる本鯖は秋鯖と呼ばれ、脂がよくのっていておいしいので、「秋鯖嫁に食わすな」というたとえもあるほどだ。

秋 鯖 の 脂 に 諸《もろ》 手《て》 濡 れ に け り　　川崎展宏

しめ鯖にでもしようと思って、三枚に卸したのだろうか。よく脂ののった秋鯖だったことを、「脂に諸手《もろて》濡れにけり」という措辞がきっちりと伝えてくれている。この措辞は体験したからこそ捉えられたものである。俳人なら鯖ぐらいは姿のままで買って、自分で捌《さば》いてみてほしいものだ。切り身にされ、パックに入っている鯖ならこんな句を授かることはなかったであろう。

秋 鯖 と い は む 死《し》 粮《がて》 問 は る れ ば　　茨木和生

私は背の青い魚といわれる鰯《いわし》や秋刀魚《さんま》、鯖や鰹《かつお》が大好きだ。流通手段の発達によって、家近くのスーパーマーケットでも、これらの魚は刺身用としても並べられている。「死粮」とは、死に臨んでとる食べ物のことだが、食糧難だった子供のころ、「死ぬまでにもう一回食べたいもの何」などと言って遊んでいたことを思い出して作った句である。

私は自己流の秋鯖鍋を作る。鋤焼の肉のかわりに、二枚に卸して一寸足らずの幅に切った秋鯖を使うのである。青葱《あおねぎ》があまみを加えてくる十月半ば過ぎから、我が家ではこの鯖鍋をはじめる。豆腐に旬があるとすれば新豆腐《しんどうふ》のころだろう。それで作った焼き豆腐を入れたり、栽培ものではあるけれど、茸どきといわれるころの椎茸《しいたけ》や湿地《しめじ》をふんだんに入れる。青葱に霜《しも》が降り、秋鯖が寒鯖《かんさば》と呼ばれるころになると、この鯖鍋の味はさらによくなる。

冬鯖《ふゆさば》という言葉も聞くけれど、季語としては定着していない。

鯖のブランドものといわれる大分県産の関鯖は、いつの時季でも味がよいのが特長だが、地元の漁師さんに聞いたところでは、関鯖の刺身のうまい旬は、「そろそろ寒鯖だという手前の十一月終わりごろやろねぇ」と、返事の声も輝いていた。

祭鱧

祇園祭《ぎおんまつり》の京都や天神祭《てんじんまつり》の大阪の暑さは、関東からやって来た人々には耐えがたいものらしい。なかでもまったく風の止まってしまった大阪の夕凪《ゆうなぎ》どきの暑さは、地元に住んでいる者でもたまらない。

大阪の暑に試さるる思ひかな　　西村和子

横浜生まれのこの作家は、ご主人の転勤によって大阪に住むことになった。「大阪の夏は暑いわよ」と、見送りのだれかれに言われて引っ越して来たのは、春のことである。桜《さくら》の花が散ってまもなく、いかようず（晩春の頃に吹く雨催いの南風）のなま暖かさをはじめて体験し、五月になるともう真夏日が現れたりして、はじめて迎える大阪の夏の暑さに、ある覚悟を決めたに違いない。掲句はそんななかで生まれた作品である。

西村さんは十六年あまり大阪に暮らした。その間、大阪はもちろん、京都、奈良、神戸と駆け回って、関西に住む俳人も閉口するほどの行事通にも食通にもなられた。よくこまめに歩いたなあと驚くほどの調査で著述された『虚子の京都』（角川書店）で、平成十七年二月に、第十九回俳人協会評論賞を受賞された。

梅雨《つゆ》は鬱陶《うっとう》しくていやだが、梅雨が来てくれないと鱧《はも》が旨くならないから厄介である。梅雨の水を飲んだ鱧は味がよくなると言われてきたし、事実、走りの頃の鱧より梅雨の鱧は味がこまやかになっている。この時季になると、鱧は子を持ってくるが、子を持ってもうまさが落ちないのは鱧だけである。

水鱧のこがねびかりをしてゐたり　　茨木和生

関西には祭鱧《まつりはも》という言葉がある。梅雨の終わりか、梅雨の明けた七月の十五日が祇園祭の宵々山《よいよいやま》、十六日が宵山、十七日には山鉾《やまぼこ》の巡行が行われる。二十五日は大阪の天神祭、大川に花火が打ち上げられ、舟渡御《ふなとぎょ》（川渡御）が行われる。この二つの祭は日本の代表的な夏祭であるが、この祭に欠かせない魚が鱧で、この頃の鱧を祭鱧と呼んでいるのだ。鱧のうまい時期と一致している。

鱧は大きなものになると一メートルを超すものもいるが、祭鱧と呼ばれる鱧は小ぶりのもので、「水鱧」ともいう。京都や大阪ではこの水鱧が珍重される。こがねいろをした鱧が小さめのトロ箱（魚を入れる木箱）に、平仮名の「つ」の字を描くようにして入れられている。いわゆる「つの字鱧」で、このくらいの大きさの鱧が一等うまい。

梅肉のうすきくれなゐ鱧落し　　伊藤敬子

鱧ちりの氷を白《はく》布《ふ》にて砕く　　右城暮石

鱧は身と皮の間に小骨が多く、鱧料理の良し悪しは、その骨切りにかかっているとさえ言われるくらい、熟練を要する。京都や大阪の料理屋や魚屋には、鱧の骨切りの上手な職人がたくさんいる。

何よりもうまいのは、一口にあうような大きさに切った鱧を湯引きして、身が花のように弾けたところで、氷水に冷やし、ガラス鉢や氷をくり抜いた氷鉢《こおりばち》に盛り付けるなどの工夫がされたものである。針のように刻んだ新生姜《しんしょうが》や茗荷《みょうが》、また、小さな花胡瓜《はなきゅうり》を彩りに添えたりと、見た目にも涼しげにして出されてくる。大阪では鱧ちり、京都では鱧落しと呼んでいるが、湯引きした同じ鱧である。鱧ちりに敷く氷でさえ、料理人は暮石の句のように心を尽している。梅肉で上がられますか、酢味噌ですか、と必ず聞いてくれるから好きなほうを選べばよいが、私は梅肉派である。

伊藤敬子さんの句は、同時発表句に、〈川床《ゆか》きしむ氷鉢には落し鱧〉というのもあるから、京都の貴船か鴨川の川床での作品である。右城暮石の作品は、『近畿ふるさと大歳時記』(角川書店)の例句に引用されていて、作句の場所が「大阪市料亭井戸平」と示されている。

鱧の骨上手に切れて祭膳　後藤夜半

料亭だけではない。大阪商人の家では、鱧の骨切りを上手に行う人もいたのだろう。祭の鱧料理は「落し」や「ちり」だけでなく、身の厚い大きな鱧の照り焼きや焼き鱧の身を削いで作った箱鮨、天ぷらも膳に載せられた。頭や骨を使った吸い物にも暮らしの知恵が発揮されていた。

肝添へてゐたるも売れり鱧落し　茨木和生

大阪なら黒門《くろもん》市場、京都なら錦《にしき》市場に行けば、鱧ちりや鱧落しが店頭に並べられている。肝を湯引きにしたものも添えられているのを見つけると、それが何より旨いということを知っている人は必ず買っていく。

大粒の雨が来さうよ鱧の皮　草間時彦

鱧の皮も祭膳の一品として出される。大ぶりの鱧の身は良質の蒲鉾《かまぼこ》の原料となるが、その皮を残して焼いたのが鱧の皮で、蒲鉾屋で売っていた。草間さんは食通の俳人として知られていたが、この句について、

昭和四十八年作。大阪の夏は暑い。ことに夕凪の蒸し暑さは類がない。ざあと夕立が来てほしいと待っているのだが、降りそうで降らない。〈大粒の雨が来さうよ〉も願望にすぎない。
鱧は関西特有の魚。鱧は高いが、鱧の皮は安価で、大阪の下町の庶民の食べ物。胡瓜と酢の物にしたのが〈はもきゅう〉。東京ではめったに食べられない。上司小剣《かみつかさしょうけん》の小説『鱧の皮』を思い出しながらの一句。

という自解をしている。

大阪の雨ざうざうと鱧の皮　茨木和生

私は大和に生まれ大学を卒業するまで大和に住んでいたが、大和でも夏祭のご馳走といえば鱧であった。そのころは今ほど輸送手段が発達していなかったから、鱧ちりにするような鱧は庶民の口には届かなかった。そのかわり、東シナ海で獲れたという大きな鱧を付け焼きにして、味醂だれを使って照りをつけた、鱧の照り焼きが祭の膳を豊かにしていた。それが手に入らなかったときには、代用の魚として、エソの照り焼きを食べていた。

鱧の皮はひと炙りして小さく刻み、塩もみした胡瓜と一緒に二杯酢にすると、立派な一品となる。

大阪にゐて食ひ倒れ鱧の笛　後藤比奈夫

「食ひ倒れ」とは、飲み食いに贅を尽くして貧しくなることだが、この句の食い倒れの人をみると、よほどの食通であるらしい。「鱧の笛」とは、鱧の浮き袋のことであるが、湯引きにして二杯酢で食べたり、鱧の柳川鍋に入れたりして食べる。こんな人なら、ちりに使った水鱧の骨を空揚げにした「骨せんべい」も注文しているに違いない。

鱧の笛稗史にも出てをらざれど　茨木和生

鱧の笛は鱧の魚体と同じように長いものだが、一本しかないから、五センチほどに切ったものが一と切れだけ皿に入っている。鍋に入れると解けてしまいそうなので、箸に抓《つま》んでひと煮立てさせて食べるが、珍品といえば珍品である。稗史《はいし》は中国の風聞書だが、さすがの書物にも鱧の笛はでていないだろうと思い遣った句である。

例句はないが、鱧料理の絶品を二種紹介しておこう。

西東三鬼の門下だった木村澄夫さんは、産地として知られている淡路島の新玉葱《しんたまねぎ》の出荷がはじまると、宇多喜代子さんと一緒に鱧料理に誘ってくれる。なぜ新玉葱なのかというと、鱧鋤《はもすき》に入れる野菜としてなによりもよくあうからである。湯引きにした鱧の子も鍋に入れるように添えられている。淡路島の近海は良質の鱧のよく獲れるところとしても知られており、島では「鱧の旬は新玉葱の採れる頃や」と言われている。その鱧鋤を地元で食べたことがある。蕩《とろ》けるように柔らかで甘い新玉葱が、鱧の味を引き立ててくれていた。「兄ちゃんら、顎《あご》、落してしまうぜよ」とも言われたが、それほどにうまかった。

ある店で早松茸《さまつたけ》を入れた土瓶蒸ですよと豆御飯と一緒に出てきたときには、もう二十年は生きていようと思ったものである。八月にもなると小振りの松茸が採れはじめる。それに鱧を添えて土瓶蒸にするのである。「早松茸の土瓶蒸よ」と出されてきたらたまらない。暮らしの中で生まれてきた鱧の、こんな食べ方をいったいだれが考えたのだろうか。

清流の魚

七月に入ると、天然遡上の鮎《あゆ》も放流された鮎も大きく育っている。鮎は清流の下流域から中流域にかけて棲んでおり、奈良県には、昔から鮎の川としてよく知られている吉野川がある。

掛り鮎嗅げば西瓜のにほひせり　右城暮石

川魚の女王と呼ばれている天然の鮎は、その匂いをかぐと、西瓜のような甘い香りがする。鮎の魚影が濃いと、風に乗って流れからも西瓜の匂いがしてくる。

最近では、鮎の養殖技術が進歩して、「天然仕立て」として売られている鮎でも、天餌を食んできた鮎と同じように、焼き鮎にするとその腹に鮮やかな緑色の腸が透いて見えてくる。

鮎焼かむ木ッ端を集め来たりけり　西村和子

腸の緑したたる鮎を焼く　藤本安騎生

磧に竈を築き、焚き物は現地調達した木っ端を燃やし、その燠の火で釣れたばかりの鮎を焼いて食べようとしているのだろう。鮎の腸《はらわた》の緑がしたたるように見えて、鮎は焼けてくる。料理屋で食べる焼き鮎と違って、竹串を手に持って、まずは腹からと、かぶりついて食べているに違いない。

鮎粥の鮎のまはりをまづ啜る　大石悦子

暮石にも供ふるこころ鮎雑炊　藤本安騎生

焼いた鮎を白粥の上にのせてひと煮立てさせた鮎粥も、椎茸《しいたけ》を刻み、焼き鮎を入れて淡口《うすくち》醤油で味を調えた鮎雑炊も、磧で炊いて暮石師を囲んで食べた日のことを、こんな作品を読みながら思い出している。

又やたぐひ長良の川の鮎なます　翁

長良川の鵜飼を見て、鮎鱠《あゆなます》を食べた芭蕉の句だが、こんなことを「類《たぐ》ひなからん」と掛け詞を使ってその興を称えている。

鮎背越年中止めぬ水使ひ　茨木和生

お刺身の鮎の眼はまだ生きてゐる　山口誓子

芭蕉の食べた鮎鱠は、腸を抜いて中骨ごと薄切りにした背越鱠《せごしなます》や刺身だったと思われる。

ふるさとの味召しませと鮎の寿司　阿波野青畝

鮎寿司は姿寿司で出される。早寿司《はや》と熟寿司《なれ》があるが、この句、「ふるさとの味召しませ」と出しているから、きっとひと月ほど熟れさせた熟寿司だろう。

清流の中流域から上流域にかけては鮎と天魚《あまご》が混在して泳いでいる。関西にはもともと山女《やまめ》はいなかったといわれているが、渓流にいた天魚の天然ものが少なくなって、養殖ものの放流が行われてから は山女も混じっていると聞いている。天魚の養殖は山の美しい水を引いて、深い山里で行われているようだ。

鴛鴦の飛び来るあまご養魚場　茨木和生
杉苗の根付き見に来て天魚釣る　同

滝壺にいる天魚を見ようと案内したことがあったが、一匹もいないのをいぶかしんで近所の人に聞いてみると、かしこい青鷺がみな捕ったというのだった。天魚は水面に落ちてくるものによく反応するが、青鷺は小石を落として天魚をジャンプさせ、間髪を入れずにそれを捕食していたというのである。

天然の山女掛りし夜浸針　藤本安騎生

天然のものはもちろん養殖のものであっても、山女や天魚は鮎と違って腸をすべて出さなければならない。かつて、天魚飯を炊いてやると、天然の天魚の腸をさいて、俳句仲間に見せたことがあった。甲虫類が多かったのだが、そのお腹の中の汚さに驚いていた仲間の顔をいまも思い出す。天魚飯は、天魚の腸を出してよく洗い、小さなうろこと肌のぬめりを取るために塩で揉み洗いをしてから焼く。それを味付け御飯を炊く要領で炊くのである。生椎茸《なましいたけ》や笹掻きにした牛蒡《ごぼう》を入れ、酒を振り落とし、糯米《もちごめ》を少し打ち、薄味で炊くのがコツだ。山女、天魚料理の句を、ぜひ作句してほしいものだ。

渓流の最上流部にいるのが岩魚《いわな》である。非常に敏感な魚なので、岩魚釣は緊張の連続だと聞いている。何でも体験したい私だが、〈二の足を踏む誘はれし岩魚釣〉という句を作っているほどだ。

岩魚焼く炭火大きく組みにけり　大串　章

串伝ふ脂の光り岩魚焼く　深見けん二

養殖された渓流魚で旨いのは岩魚であろう。炉火にあぶっていると、脂が光りながらしたたり、ときには炎が立ったりもする。

悪食の骨の強さよ岩魚酒　茨木和生

底の深い皿に焼き岩魚を横たえ、熱燗にした酒を注いだ岩魚酒は一等旨いものである。岩魚を悪食《あくじき》と思ったのは、谷川の蘆《あし》が揺れ、水音がするので、蘆の間を杖で開けたとき、岩魚が小蛇を呑み込んでいるのを見たことがあるからだ。

草いきれ

「草《くさ》いきれ」という季語の解説を歳時記を紐解いて見ようなどと思ったことも、ましてやその解説を見比べてみようなどと思ったこともこれまでになかった。解説を待たなくても、大阪で暮らしていたときも、京都で暮らしていたときも、草いきれの、あのむっとした熱気と青臭いにおいをいくらでも身体で感じていたからである。歳時記といえば、私はまず角川書店刊の『図説俳句大歳時記』をみるのだが、今回もその解説を先ず引用してみよう。

「夏日炎天の下、日陰のない山路や野路などを歩いていると、照りつける日ざしの夏草がしおれ、むんむんとむせるような湿気を発する。山路や夏野を行く人には、この草いきれでいちだんと苦熱が増すような思いがする」とある。例句をみると、

畠見にむせるばかりや草の息　　杉風
草いきれ人死に居ると札の立つ　　蕪村
瘦馬の重荷憐め草いきれ　　晩得

といった江戸期の俳人の例句があげられている。この歳時記を重宝してきたのは、「考証欄」の詳し

さにあった。ところが、どうしたことか、この「草いきれ」には考証欄がないのである。

「草いきれ」の季語解説として一番詳しいのは、講談社刊の『カラー図説日本大歳時記』である。これは山本健吉が解説している。かなり長い解説なので全文を引用することはできないが、「(略)『炭俵』「むめがゝに」の歌仙に、〈東風《こち》々《かぜ》に糞《こえ》のいきれを吹《ふき》まはし〉(芭蕉)の付句があるが無季である。江戸時代の歳時記には挙げてないが、例句はぼつぼつ作られていて、「惟然に別るゝに　かぶるゝなけふの細道草いきり」濫吹(『泊船集』)、(略)の五句が、子規の『分類俳句全集』には「草いきり」の項に挙げてある(略)」と書かれている。

この歳時記の十八年後に上梓された、同社の『新日本カラー版大歳時記』には、「(略)古歌には用いられていないようであるし、俳諧でも江戸時代の歳時記には挙げられていない」と書かれている。

昭和八年刊の改造社『俳諧歳時記』「夏之部」(青木月斗)の「草いきれ」でいえば、季題解説は「夏日炎天の下に山野を行く時、熱き日光の照りつけに弱れる草々の蒸し返し来る温気を、草いきれと云ふ」と出ており、草いきれの状況をよく解説している。その「実作注意」の項に、上記杉風の句を引き、「(略)草の息を季語とするは面白からず」とも書いている。志賀直哉が『暗夜行路』で、「草いきれのした地面からの温か味が気持ち悪く裾から登って来る」と描写しているのも、草いきれの本質をよく描いている。

江戸時代に「草いきれ」の例句が存在するのに、「草いきれ」が季語として存在していなかったということを私は不思議に思って「江戸期の歳時記」に当たってみた。そうすると、「草いきれ」は、江戸期の終わり近くに季語として歳時記に登載されているのであった。

草いきれ樹々もいきれて山の神　　茨木和生

草いきれだけではない、真夏の日差しを受けた木々のみどりもまたむんむんするようないきれを放つことがあった。「草いきれ」だけでなく、「木いきれ」も季語として取り扱ってもよいのでは、という思いからこんな句を私は詠んできたのだったに違いない。この句は、句集『丹生』に収める句だから、深吉野での詠作であったか。

山本健吉の解説で、芭蕉の付句「東風々に」の句を無季としているのはどうしてだろう。芭蕉の〈むめが〵にのつと日の出る山路かな〉を発句とする歌仙だから、「東風々」の付句は、離れているとはいえ発句を意識しており、当然春の句である。なお、この芭蕉の付句の「糞」を多くの注釈は堆肥としているが、これはストレートの人糞である。ここでは述べないが拙著『季語の現場』（富士見書房の「大根配り」を見てほしい。それに補足しておけば、私が少年時代に住んでいた大和郡山の町では、水を抜いた金魚池に人糞を撒き、春の日差しに徹底的に乾かしていた。そうすれば水を入れた後、金魚の餌となるミジンコの発生がよいというからだった。こんな金魚田の東風に運ばれてくる「糞のいきれ」は、いまも私の鼻によみがえってくる。

「江戸期の歳時記」の話に戻ろう。千艸園（生没不詳）著の一枚刷りの『季寄新題集』は、江戸時代末期の嘉永元年（一八四八年）に板行されたものだが、「新題集」という名の通り、これまでの歳時記に収載されていない、かなり新しい季《き》の詞《ことば》を載せている。例句も季語解説もないが、六月の項に「木いきれ」に続いて「草いきれ」が収載されている。「木いきれ」を季語として定着させるのもおもしろいし、「草いきれ」の解説も改めねばならない。

蝮

私の主宰する「運河」の吟行といえば、山に入ったり、山畑や山田の畦、川沿いの道を歩いたりと、その時期であれば必ずといってよいほど、蛇《へび》や蝮《まむし》に出合う地である。ところが、このところ、蛇や蝮に出合うことが少なくなったようである。句集『山椒魚』に、

蛇を見ず蝮を二匹見たれども　茨木和生

という句があるが、これはその日の偶然の結果である。蝮は夜に蛙などの餌を捕食するから、どちらかというと昼間はあまり見かけない。しかし、穴を出て暫くの間は、体にエネルギーを貯えるために、昼間に日差しを受けている蝮を見つけることができる。どんなときでも蛇なら人の気配を感じただけで逃げてゆくが、蝮は人に気付いていても逃げたりはしない。動じることなく、ゆっくりとゆっくりと動いてゆく。蝮の行動範囲は広くないといわれている由縁である。

このところ、蛇や蝮を見かけなくなったのは、蛇や蝮の個体数が減っているからだとも思ったりしている。蛇類は地中に入って越冬することで知られているが、蛇は越冬中に死亡することが多いとも言われている。ことに蛇や蝮の子は秋に生まれて、採餌することなく越冬に入るから、地中とても冬

の間は寒く、エネルギー不足となって死亡するのだと見られている。さらに、このところ、猟師不足から捕獲されなくなった猪が増えていて、その猪が地を掘り起こして、蛇や蝮を食べているからだともいわれている。寝込みを襲われた蛇や蝮は、なす術もなく食べられてしまっているのである。

蝮踏むこともあるやと長靴履く　茨木和生

私は吟行に出かける時、その日が雨でなくとも行先によっては長靴を履いていくことがある。蝮は先頭を行く者には嚙みつかないが、必ず二番目のものに嚙みつくといわれているというと、「私、二番目に行く」と、実に俳句仲間は単純である。そんなことはありえない。先頭を行って、蝮のいることを見つけたなら踏みとどまることができるが、とぐろを巻いている蝮に気付かずに踏みつけてしまったら、それはたいへんである。実際、蝮に嚙まれるのは蝮を踏みつけてということが多い。祭を見ての夜道で蝮を踏みつけて嚙まれたというとき、決まって下駄ばきで裸足だったということをいく度となく聞いたし、私も京都市左京区久多で注意を受けた。

蝮なり今年はじめて見し蛇は　茨木和生

ある立夏の日である。京都府南部の山背古道《やましろこどう》での吟行を終えて駅に戻るとき、田に沿っているアスファルト道路で、一行の何人かが老人を囲んでいた。老人の何かの仕草に、ある一人は引き下がったりしていた。近づいてみると、老人は杷《さらい》の棒先で蝮の頭を砕いていた。

蝮はすでに頭を砕かれていたが、太い胴をくねらせ、尾を立てるようにして震わせていた。粉をふいたように埃っぽい肌だったが、赤蝮だった。あまりにも胴が太かったものだから、だれかが子を持ってるのと違うかと、思わず言ったようだった。地下足袋を履いて、いまのいままで田で働いていたという出立《いでた》ちだった老人は「今ごろ、子は持っとらん。蝮が子を持つのは秋や。秋の蝮に注意せよというのは、子を口から出すために蝮は何にでも嚙みついて、毒の出る牙を折りよるんや」と一気に話していた。よい話を聞いたとばかりに何人かは目を輝かせていた。

この話は田んぼの廻りを駆け回って育った私も、子供の頃からよく聞かされてきた。それと「蝮や蛇の目は夜、蛍のように光るんや。田んぼで、二つ並んで光っていたら蛇か蝮や。蛇ならすぐ逃げよるから分かる」とも聞かされてきた。

子を持てり蝮の皮を剝ぎたれば　茨木和生

捕った蝮は、嚙みつかれないように頭を石で潰してから皮を剝ぐ。皮を剝ぐと、内臓も引っ付いて出てきて、はらはらと六、七匹の子も落ちこぼれた。蝮はその子を口から吐いて産むというのは全くの俗説で、排泄も生殖もする総排泄孔という器官から子を産むのである。

蝮捕蝮の頭砕きをり

早速、この日の句会に出た句で、三、四人の選に入った句である。しかし、総評をする中で、私は絶対にこの句は採らないと話した。もちろん、今日みんなが出会った老人は蝮捕《まむしとり》ではない。田仕事をしていて見つけた蝮を捕った人である。

蝮捕水のぬくもり見に来たる　茨木和生
山寺のまはり歩けり蝮捕　同
蛇捕とちがふ出立ち蝮捕　同

蝮捕はそれだけを職業として生計を立てているわけではないが、プロである。蝮を殺してしまっては商品価値がなくなるから、蝮を絶対に殺《あや》めないのである。

赤と黒

「赤と黒」といってもスタンダールの小説について書こうというのではない。赤色と黒色をした季の物について書こうというのである。しかし、その赤と黒といっても大雑把にいった色であって、鮮やかな赤色と黒色ではない。赤と黒とで値段の違いのあるものを一例上げてみたい。赤は一匹四千円という値がつくが、黒は一匹千円だというのはもう二十年も前の相場値だが、それ以降大きく値が上がったとか、値崩れをしたということを聞いたことがないから、いまも同じくらいの値段で取引きされているとみてよい。

それは蝮《まむし》である。生きて捕った蝮の多くは蝮酒を作るが、それには赤蝮を使う。私は蝮を叩いて殺したことはあったが、生け捕りにしたことはなかったから、蝮酒を作ったことはない。吟行のためによく通った京都市左京区久多の集落では蝮をよく見かけた。あるとき、「渡りの蝮よ」と見せられたのは、一升瓶十三本に入れられた、糞出し半ばの赤蝮だった。瓶に手を触れると、熱が伝わるのか、蝮は瓶の中に突っ立ってシューシューと息を吹き付けてきた。その一升瓶には三分の一ほど水が入れられており、蝮が跳び出さないように割り箸を合わせて栓をしていた。これで蝮が呼吸をするくらいの空気は十分に入るのだという。浸けた焼酎が濁らず、澄んだ上質の蝮酒を作ろうとすると、ひと月ほど糞出しをした蝮を瓶から取り出して、その腹をしごいて、残っている糞をすっかり出し切る必要がある。さらに川の流れで鱗の汚れを洗い落としてから瓶に戻して、焼酎に浸け込むのがこつだという。蝮酒の薬効はというと、第一に精力剤だというのが専らの噂だが、「よう効いたよ」という景気のよい話は聞いたことがないといってよい。精力剤としてはいまいちなのかもしれないが、そう思って飲む人は意外と多い。

熟睡はたしかな効果蝮酒　　右城暮石

ふるさと土佐に戻って暮らすと決めた暮石が、奈良から持ち帰った蝮酒を飲んでの句である。ただ、蚋《ぶよ》や虻《あぶ》にさされてかゆいというてる子に塗ってやったら、いちころになおったというのは目の前で見て知っている。

黒蝮はどうやら薬効が少ないらしく、蒸し焼きにして乾燥したものを粉薬にして市販にする。

ほかに色によって値段が違ったり、趣向が違ったりしている季の物に海鼠《なまこ》がある。赤と青と黒である。海鼠は冬の季語だが、海鼠を採っている海女《あま》のいる漁港に行くと、それは赤、青、黒と色分けにされて生簀《いけす》に入れられている。色別に糶《せり》にかけられ、出荷先も違うからである。関西では赤海鼠のコリコリとした食感が珍重されているが、関東では青海鼠が珍重されているようだ。黒海鼠はこれまで見向きもされなかったが、このところ密漁騒ぎも起こるほどになっている。中国向けに輸出されているらしい。

夏場のご飯の工夫

「男の子は胃腸が弱いから、夏場は気をつけんとあかんのや」といわれ、「暑いときに熱いもの食べてたら、病知らずや」とか「火を通したものならええけども、体より冷たいもの食べたり飲んだりしたらあかんのや」というのが母の口癖だった。「お前の耳には栓がないのか」といわれるくらいに、私は母の言葉を軽く受け流していた。水中《みずあた》りせんようにと、幾種類かの薬草を煎じたものを飲むようにもいわれていたのだが、雑魚《ざこ》獲りをしたりして戻ると、そんな苦い生ぬるいものよりも、井戸水を木の杓に一杯、ごくごくと飲んでいた。

尻子玉抜かれしごとき水中り　茨木和生

この句は少年時代の苦い体験と重ねるようにして作った句だ。私は冬でも冷たい氷水が好きだし、「寒中の水は体をきれいにする」という俗信を信じているから、今でも軽い水中りに年に二、三回は罹《かか》っている。

麦飯に痩せもせぬなり古男　村上鬼城

麦飯《むぎめし》を食っていても痩せていない古男は暮らしの楽でなかった鬼城自身のことであろう。私の家でも麦を収穫すると、新麦を使った麦飯の日が続くようになった。麦飯は米の不足を補う食べ物だったが、胃腸を整えたり、脚気《かっけ》を防ぐ作用があるともいわれていたからである。

聟なじまする質の出し入　洒堂
麦《ばく》飯《はん》に交らぬ食《めし》をとりわけて　翁

歌仙「水鳥よ」の中の二句で、長句の「翁」は芭蕉である。麦飯が炊きあがると、麦は軽いので上にかたまる。ふつうはそれを混ぜるのだが、麦を除けて下にある米の飯を聟《むこ》の茶碗によそっているのだ。質屋で金の工面までして、聟のご機嫌取りをしているのだが、麦飯にはこんな生活の知恵もあったのである。それにしても、芭蕉が庶民の暮らしぶりをよく知っているのに驚いてしまう。

水の粉のままこつついてくづしけり　茨木和生

麦を炒って粉にしたものを「麨《はったい》」とか「水《みず》の粉《こ》」と言い、夏の季語である。私の句は朝のお粥に入れた麨がこなれないで、だまになって残っていたのを箸先でつついて崩しているところを詠んだものだ。

飯笊に夜は鳴《な》いてゐるいとゞ哉　松瀬青々

麦飯は早く饐《す》えるので足が早いといわてれいた。湿気の多い梅雨時などは、麦飯を飯笊《めしざる》に入れて、白い布巾をかけ、井戸の中に吊っていたものだ。飯笊も夏の季語だが、竹籤《たけひご》を編んだものである。

麦飯を清水に洗ひゐたるかな　　茨木和生

それでも飯粒が汗をかき、さらに饐えてしまったとしても、その麦飯や白米の飯を捨てるわけには行かない。

そこで考えられたのが、水飯《すいはん》にすることである。汗をかいた飯を笊に入れ、水洗いを繰り返していると、粘り気が抜け、ふんと鼻を突いていたいやな臭いも抜けていく。冷たい清水の水を使って洗っていたのは、きっと水飯にするためだったと思い出している。胡瓜《きゅうり》の古漬を少し塩出しをし、土生姜《つちしょうが》を擂り下ろしたものと一緒に食べる水飯はなかなかのものであった。「稲は命の源や。火さえ通したら滅多なことあらへん」という私の母は、残り物の野菜を入れて雑炊を作っていた。「飯饐《めしす》ゆ」「饐飯《すえめし》」「汗《あせ》の飯《めし》」「飯《めし》の汗《あせ》」は夏の季語だが、今では饐飯の臭いなど懐かしくさえ思われる。

饐えやすき猫の御飯におろおろす　　川崎展宏

「猫好き人」という前書きのある句である。ご飯が饐えるということをおそらく知らなかった人だろう。一と昔前の「飯饐ゆ」の句だが、このところ猫の世界にも饐飯はない。

水飯に味噌を落して濁しけり　高濱虚子

水飯のごろ〲あたる箸の先　星野立子

水飯は平安時代の貴族たちも夏に好んで食べていたことを、『源氏物語』や『枕草子』『宇治拾遺物語』によって知ることができる。乾飯《ほしいい》を冷水に漬けたものである。時には氷水を使うという贅沢な食べ物だった。

虚子と立子の句の水飯は、饐飯を洗ったものではない。冷ましておいたご飯か、冷めたご飯に冷たい水を注いだものだろう。水飯の味付けに虚子は味噌を入れたのだろうか、「落して」という表現はさすがである。この句、発表された当初は〈水飯に味噌を落として曇りけり〉という句だった。送りかなの違いは別にして、「濁しけり」となったことで、水飯に広がっていく味噌の色が鮮やかに見えてくる。立子の句は、この句を読んでいるうちに、箸の先にごろごろとあたる水飯を感じている。

滝殿に水漬などをきこしめし　松瀬青々

この句は平安貴族の優雅な暮らしを思い遣ったものであろう。滝殿《たきどの》も夏の季語だが、この句集を編んだ安井小洒は、「水漬《みずづけ》」を季語として立てている。

迎え火と送り火

暮らしの中で、マッチや付け木一本で薪を焚いたり、炭火を育てたりすることが少なくなった。この間、古い農家を紹介した公園の展示会場で、昔ながらの竈《かまど》（わたしの子供のころは〝おくどさん〟と呼んでいたものだが）を使って、大きな釜に湯を沸かそうとして、薪を燻らせて使っている所に出くわした。

薪を三本平たく並べた上に、丸めた新聞紙が置いてあり、それに付けた火が消えかけたのか、団扇で煽いでいる女性が竈の前に突っ立っていた。「火なんて熾《おこ》したことないんでしょう」と話し掛けると、「ボランティアなんやけど、えらいとこの当番に当たったわぁ」と、煙が目に沁みたのか、涙を流していた。

「どれ、おじさんが」と、竈の前に屈んで三本の薪を組み立て、「この木の小枝、柴と言ったり爪木《つまき》と言ったりするんやけど、これを新聞紙と一緒に焚き付けにしたらええんや」と話しながら火を育て、しっかりと薪に火が回ったところでバトンタッチをした。

かつては暮らしの中で子供たちも火の熾し方や火の使い方、火の恐ろしさを学んできたが、そんな機会がなくなったのだから、仕方のないことだと思ってそこを去った。

お盆のことを書き出すときりがないから、門火《かどび》に限って話を進めよう。お盆に門先で火を焚いて祖《そ》霊《れい》（精霊《しょうりょう》）を迎え、その迎えた祖霊を送るときにも火を焚くというのは、広く行われてきたわが国の風習である。この迎《むか》え火《び》、送《おく》り火《び》を総称して盆火《ぼんび》、門火などと呼んできた。

迎火を焚くにいささかコツのある　夏井いつき

門火を焚く素材は〈麦藁を焚く迎火や音たてて　市村究一郎〉という句のように麦藁を使ったり麻《お》幹《がら》（苧殻）を使ったりするが、なにしろ乾燥していてよく燃える素材だから、そのときは簡単に火を作ることができる。しかし細かく割ってあるものの火が爆ぜないように上木《じょうぎ》（上等の木）の椚《くぬぎ》や楢《なら》などの薪を使ったりする時には、夏井さんの句のようにいささかコツが要った。

風がよく通るように組み立てておくと簡単に火が付くのだが、風がなかったり薪が湿っていたりすると、火を付けるのは大変だった。「松根を石で叩いて解《ほぐ》しておくと火が付きやすいよ」と、父や母は教えてくれた。私が子供のころ「おしょらいさん」と呼んでいた祖霊は、門火の煙に乗って家に戻って来、また煙に乗ってあの世に戻っていくと教えられていた。

母が亡くなってもう二十年以上も経つのだが、思い出してみると、その初盆《はつぼん》の時、門田の水に火が映るようにして、松根の束を解いて迎え火を焚いた。「えらい丁寧なこと、しはりますんやなぁ」と、故郷の人に声を掛けられて、驚いたものだった。昔は松根など、山に入ってしつらえてきたものだが、このときは熊野で買ってきたものを使った。熊野では瓜《うり》や茄子《なす》や南瓜《かぼちゃ》とともに、松根は地べたに置いて、「兄ィやん、買うてよ」と、駅前をはずれた所でおばやんが売っていた。

門先に戻ってきた祖霊たちは瓜《うり》の馬《うま》や茄子《なす》の牛《うし》に乗って仏壇に戻られるということも聞いていたから、母の初盆にはそれらも作って祀った。瓜の馬や茄子の牛の作り方は「子供の作ったものを、お地蔵さんは一番喜ばはるんや」と聞き、村の長老たちから地蔵盆を前にして習っていた。「えらい疣《いぼ》ができてるやないか、お地蔵さんの麻幹の箸でつまんどいたらすぐ消えるわ」と言われ、「いぼォ、はし渡れ」と口ずさむことも学んでいた。

　お尻から腐つて来たる瓜の馬　　茨木和生

初盆のときは七日の日から盆の祀りごとをしていたから、十五日の送りの日には瓜の馬は腐り始め、茄子の牛は萎びて、麻幹の脚は背に抜けたりしていた。この句は題詠作品だが、母の初盆の日を思い遣ったものである。

　迎火を焚きたる跡や天草《てぐさ》干す　　松林朝蒼《ちょうそう》

海べりに暮らしている人たちは、祖霊は海の彼方《かなた》から戻ってくると信じているのだろうか。海に面した砂浜や防潮堤の上で迎え火が焚かれていたのを知っており、その跡に天草《てんぐさ》が干されてあるのを、今、目の前にしていての作品である。〈魂迎ふ太平洋に火を焚きて〉という私の句は、土佐湾に面した浜で詠んだものだが、松林さんは高知市に住んでいる俳人である。

門火焚く母見下ろして立てるなり　　片山由美子

片山さんにはこの門火の句の三年後に〈迎火を焚くや小さくなりたまひ〉という句があるが、同じお母さんを詠んだものだろう。故郷に残っている母に注ぐ眼差しにあついものを感じる。

をみな三人ひたに囲ひて門火焚く　　角川照子

父を、夫を迎え、送る門火であろう。「をみな三人ひたに囲ひて」とは、身を屈め、身を触れ合って門火を囲んで焚いている、ひそやかな情景が伝わって来る。

送り火のはじめを吾子《あこ》が点しけり　　大石悦子

祖霊を送る日、家族の者での読経が終わると、供物と火の付いた線香を持って外に出、門先で送り火を焚くのである。

「おばあちゃんが喜ばはるから」と子供に火を付けさせるのだが、子供は真剣である。麻幹に火が付いたとき、その火に子供の笑みが映えたに違いない。

木の実・草の実

少年のころ、我が家では、山と言っても標高百メートルにも満たない里山だが、そこを切り開いてつくった畑で、旬の野菜は自給自足できるようにしていた。土曜日の午後や休日が雨でなければ、母に連れられてその畑で草引きや畑打ちを手伝ったものである。その畑には、柿《かき》の木や棗《なつめ》の木や石榴《ざくろ》の木が植えられていた。

この石榴口とがらせてまだ割れず　　加藤三七子

よく熟れて来ると、石榴はひとりでに割れるが、「来週畑に来たときに食べられるようになあ」といいながら、畑仕事を終えて戻るときに、母はとがっている石榴の口に鎌を当てて、十文字の切れ目を入れていた。一週間がたって畑に行くと、石榴は口をあけていて、朱色の実が光って満ちていた。小さな実の一つひとつに種が入っていて、甘すっぱい果汁は喉の渇きを癒《いや》すのに十分だった。

畑の崖をなしているところには、おそらく自然生えのものだったと思うが、枸杞《くこ》の実がよくなっていた。青い実がだんだんと橙色になり、赤くなってくると甘くなり、それを採っては食べていたことを思い出す。

枸杞の実を喰みて小鳥となるおもひ　鍵和田秞子

私も小鳥のようにして枸杞の実を啄《ついば》んでいたのかもしれない。
今ではこの畑はもちろんのこと、ここから上の里山だったところも宅地となって、かつての面影はまったくないが、そこは、私にとって木《こ》の実《み》や草《くさ》の実《み》の宝庫だっただけでなく、自然薯《じねんじょ》を掘ったり、茸《きのこ》を採ったりしたところだった。なかでも木に絡みついた蔓にぶらさがっている通草《あけび》は、そのまま山で食べることもしたが、よく学校に持って行ったものである。

通草蔓ひつぱつてみて仰ぎけり　深見けん二

見事に熟れて皮に裂け目が入り、白い実の見えている通草がいくつもなっているのであろう。手の届くところにある蔓を引っ張ってみたのだ。蔓を手繰り寄せることができなかったのだろうか。「仰ぎけり」に無念の思いが感じられる。私も幾度となく体験してきた。

通草割れ空にかるがる吹かれけり　大串章

通草殻人採り捨てしものならず　茨木和生

いったんはその通草をあきらめて帰り、割り挟をつけた長い竹竿を持ってきて採ろうとして通草を仰ぐと、通草の実はなくなっていて、口の開いた殻が風に吹かれていてがっかりしたこともあった。

きっと鵯《ひよどり》や椋鳥《むくどり》などが先取りをしていったのである。私が見たのは地に落ちていた通草殻だった。きっと猿が食べたものだろうと思った。

通草蔓ちぎる嘴細烏かな　阿波野青畝

通草蔓猿に引かれて割れゐたり　同

私の句の前の光景を、写生派の阿波野青畝がしっかりと捉えていることに感心する。

あけびの実餅なり種のある餅なり　山口誓子

誓子は通草を見るだけでなく、手にして触れ、その中の白い実を食べて、種をぷっと吐き出してもいる。そして、「餅なり種のある餅なり」と断定した。誓子の通草の句は生涯にこの一句だけだから、おそらくこのとき初めて口にしたのであろう。用心深い誓子だったと思うが、通草の実は誓子の好奇心を揺さぶったのだろう。「南生駒」という前書をつけているから、私が日々仰いでいる生駒山の通草を誓子は食べたのだ。通草の実の甘さは上品なものである。

上品な味といえば、真っ赤に熟した、小さな一位《いちい》の実《み》も私の好きな木の実の一つである。

手にのせて火だねのごとし一位の実　飴山實

マッチが簡単に手に入るようになり、ライターも普及したから、火種を知る人も少なくなったが、戦後しばらくの間は、マッチはもちろん硫黄を塗った付け木も手に入れることが困難だった。母が、火種を守ることに心を配っていたことを覚えている。一位の実のように、ほんとうに小さな炭の火種から、竈の火を育てていた。

一位の実一粒口に入れてもらふ　右城暮石

わが師も一位の実が好きで、一粒味わうのが何よりだといって口を開けていた。棗の実も一粒、槇《まき》の実《み》も一粒、柴栗《しばぐり》は生でもあまいといって、弟子たちの手から口に貰っていた。梨《なし》も柿も好きだったわが師が、「えらいこと知ってるねぇ」と感心したのが、私の次の句である。

父よりも祖父に親しみ柿ばくち　茨木和生

山柿を二つに切り、その種の数で丁、半を決めるのが柿博打《かきばくち》だ。「柿ばくち」という兼題が出て、賭け事の好きだった祖父を思い出して詠んだ句である。

杉茸づくし

秋に入って、茸《きのこ》の出の一番早いのは杉茸《すぎたけ》である。九月半ばを過ぎると、杉山が騒ぎ立つようになり、地肌一面が白く浮き立つほどに杉茸の閨《ねや》が広がるという。

私が杉茸をはじめて知ったのは平成元年の秋のことだった。定宿にしている、奈良県吉野郡東吉野村の天好園の広い敷地に建立された、阿波野青畝句碑の除幕式の前日のことだった。「うちの村には出ませんのやが、隣の三重の村にあがった珍しい茸が手に入りましてん」と、見せられたのが杉茸だった。笠の直径が二十センチほどもある、軸のしっかりとした、まっ白の茸だった。

「これは珍しい茸でんなあ。杉茸というんですか」と、青畝先生は手にとってその茸を見、「ほんまに杉の香りがしますなあ」と嗅いで話しておられた。「あしたの朝、お吸い物にして食べていただきます」と話して、杉茸を先生のお部屋から持って出た。

白拍子かかる菌に化けにけり　　阿波野青畝

という色紙が天好園の部屋に掛けられていたのは、その翌朝だったように思う。このときの句は、阿波野青畝句集『西湖』に、

みよしのの白拍子めく菌かな　阿波野青畝
白拍子斯かる菌と化けにけん　同

と、二句収められている。

杉茸は成長が早く、二センチほどの笠だったものが、一晩で十五センチほどになるので、時間的なゆとりのない私は、いまだに秋に杉茸のあがっている現場に立ったことがない。

杉茸のあがる地域は限られており、いまは町村合併によって三重県津市に編入されたが、もとは一志《いちし》郡美杉《みすぎ》村だった地の杉山である。杉茸は、松茸のように止め山にされていないので、シロとも呼ぶ杉茸の闇を各自が持っていて、人に先を越されないようにして取ってくるらしい。この町には「運河」の支部があり、そこに住む俳句仲間が杉茸を送ってくれる。杉茸のよくあがる秋彼岸《あきひがん》のころは、和らいだとはいえ残暑《ざんしょ》も続いているので、クール宅配便のなかった時代には、日持ちのしない杉茸を貰うことはなかった。杉茸をよく貰うようになったのは、ここ七、八年のことである。

たくさん取れるからと、たくさん送ってくれるので、届いた夕食は杉茸づくしの献立となる。茸に水を見せるな、刃物を見せるなといわれるが、極力それらを使わないで調理をすることにしている。

杉茸の鋤焼雉の肉使ふ　茨木和生

松茸《まつたけ》をはじめ、杉茸などの茸類の鋤焼《すきやき》にあうのは鶏肉や雉《きじ》、山鳥の肉である。雉や山鳥の肉は茸どきのために前もって買っておき、冷凍にしている。鋤焼には笠の大きな杉茸を使い、石突《いしづき》は包丁で削いで落としておく。あとは手でおおまかに裂いておくだけである。糸蒟蒻《いとこんにゃく》や焼豆腐は使うが、杉茸を存分に入れる。

糯米をうちて杉茸飯を炊く　茨木和生

小さめの杉茸を選んでおき、石突を削ぎ落して軽く水洗いし、笊にあげて水を切っておく。杉茸の香りを引き立てるために、御飯の炊きあがる二、三分前に杉茸を入れるのである。糯米《もちごめ》を一握り入れておくと、仕上がりがしっかりとしてうまい。

吸ひ物に如かず杉茸といへば　茨木和生

松茸のお吸い物と同じようにするのだが、手で裂いた杉茸をひとつの椀に五、六きれも入れるのだから香りが高い。

この六月のことだった。美杉吟行の足を伸ばして、伊勢本街道一の難所、櫃坂《ひっさか》を歩いていて、二十センチほどに笠の開いた杉茸を二本見つけて取って帰った。茸名人の太鼓判を得て食べた杉茸の吸い物は格別だった。

種々の茸

私の暮らしている奈良県生駒郡平群町で松茸《まつたけ》があがるという話は今は聞かないが、このあたり、少年時代には松茸のよくあがる山々が続いていたのである。生駒山系と矢田丘陵とに囲まれた谷を、古歌に詠まれた竜田川の流れに沿って近鉄生駒線が走っている。私の乗降する東山駅は、ラッシュ時には始発電車も出る駅だが、かつては、松茸のシーズンだけ臨時停車する小さな駅だった。松茸狩《まつたけがり》をし、筵に座って、かんてき（七輪《しちりん》の方言）の炭火で松茸の鋤焼《すきやき》をするのが売り物であった。松枯が始まって、松茸の出が悪くなったのは昭和四十五年ごろからだろうか。

松茸を量る一グラムの単位　藤《とう》勢津子

酸性雨によるのか、松食虫によるのか原因は分からないが、「ここらの松は大丈夫やと思うで」と、山住みの人が話していた深吉野の松茸山の尾根筋も、三、四年前から松枯が始まっている。それでなくても高値だった地元産の松茸の値段は上がる一方だ。「この松茸、一本で二百四十七グラムやねぇ。キロ六万五千円やから、五十五円負けて、一万六千円やなぁ」という会話も聞くようになった。

私の高校生時代は十一月三日を過ぎると、松茸山の止め山の縄が切られて、その山には誰が入ってもよいという慣習があり、山に入って、見残しの松茸を採ることが、何よりの楽しみだった。

傘開く松茸十七本の閨　相野暲子
膝つきて湿地の閨に見惚れけり　同

この句の作者は「運河」の同人で、深吉野に住み、松茸山を持っている。「もう、こんな贅沢はでけへんよ」といって、相野さんの山に入れてもらったのは一昨年の秋だ。山の暮らし、農の暮らしを体験したいという、草深昌子、酒井和子、中西夕紀さんら東京の俳句仲間と山本洋子さん、東條未英さんら大阪の俳句仲間も一緒だった。松茸をはじめ、茸類はシロとも呼ぶ閨《ねや》にかたまって発生する。山持ちの相野さんはそんな閨を知っているから、そこに案内をしてくれるのだが、それでも山に初めて入った人では松茸を見つけることはむずかしい。五、六本出ているところにみんなを呼んでは見てもらい、軸を揺りながら採ってもらうという体験をしてもらった。

まつ茸やしらぬ木の葉のへばりつく　芭蕉
松茸やかぶれた程は松の形　同

松茸はつつじなどの雑木の生えている赤松の山によく上がる。そんな雑木の葉が枯れて、松茸の傘にぴたりとへばりついていたり、松茸の傘に引っ付いている松葉を除けるとその形なりに傘の一部が白っぽくなっていたりする。芭蕉の句そっくりの松茸を見ると、芭蕉の体験の深さに感心してしまうのであった。この日は四十本ほどの松茸が採れた。山の平らなところに筵を敷いて、茸料理を楽しむというのが、この日の趣向であった。

松茸を裂く手応のありにけり　　山中弘通

「松茸には刃物も水も見せんほうがええねやが」と言いながらも、「石突だけ刃物で払って、あとは谷水で軽く洗ってねぇ」と指示して、私は筵の上に置いたかんてきに炭火を熾《おこ》していく。「松茸は手で裂くこと、香りがとんでしまうから、焦がしたらあかんでぇ」と、「指図するだけやで」といっていた私が、いつのまにか鍋奉行も勤めていた。

蛞蝓の食べてをらざる黒皮茸　　相野暲子

松葉火にこげつゝ菌水を吐く　　松瀬青々

時期が早かったのか、この日は黒皮茸《くろかわたけ》は出ていなかった。〈黒皮茸名残の探し山をして〉という相野さんの句があるように、この山には黒皮茸がよく上がる。

青々の句は、松葉の焚火の中に投げ入れて黒皮茸を焼いているのだ。黒皮茸は水分の多い茸だから、焚火に入れて焼くと、その水分がとび、ほろ苦さがよく残ってうまい茸になる。また茹でた黒皮茸は小さく刻んで芥子和にしたり、胡麻和にしたりして食べる。黒皮茸は茹で汁に浸して保存しておくと、正月の酒の肴の一品としても使うことができる。

いぐちなど捨ておけと云ふ菌狩　小津溢瓶

革茸の貰ひ手あらず菌狩　茨木和生

いぐちも革茸《こうたけ》も乾燥して保存し、冬場に大豆《だいず》と一緒に炊いたりして食べる、小津さんの句、目的は松茸だったのであろう。いぐちはぬめりの強い茸である。

耳茸を削ぎ採る剃刀を使ひ　井村順子

耳茸《みみたけ》はお吸い物に入れたり、鋤焼に入れたりして食べる。〈杉皮を剝げば杉舞茸の白〉という私の句があるが、耳たぶのような耳茸は杉の切り株に出る。昨年だったか、杉舞茸を食べて中毒になったという記事をみたことがあるが、山で杉舞茸を摘んでいたとき、「檜の山のはあかんでぇ」と、車を止めて注意してくれた山の人がいたことを思い出している。

かて飯

「米養生の甲斐もなく」というお悔やみの言葉が八、九十年ほど前まで使われていた地域が、私の住む奈良県の中にもあった。その地域ではほとんど田がなく、わずかにある山田で米を作るにしても、水が冷たい上に、当時は化学肥料もなかったため、稲《いね》の分蘖《ぶんけつ》がなかなか進まず、収穫される米は平地の半分ほどもなかっただろうといわれている。

山里に暮らす人々ばかりではなく、里に暮らす人々も白いご飯を毎日食べていたわけではない。そこで、米にいろいろな雑穀や木《こ》の実《み》、山菜や芋《いも》類などを混ぜて炊き、主食としてきたのだ。こんな混ぜご飯のことを「かて飯《めし》」といった。「糅飯」や「糧飯」という漢字を当てる。

八《はち》穀《こく》の粥を土用に炊きにけり　茨木和生

どこの神社で撤饌《てっせん》としていただいたのか忘れたが、ビニール袋に入れた八穀が抽斗《ひきだし》にあったので、夏の暑さを乗り切るひとつの糧にでもなるだろうと思って粥に炊いてみた。八穀とは、稲《いね》（赤米《あかごめ》だった）、黍《きび》、大麦《おおむぎ》、小麦《こむぎ》、大豆《だいず》、小豆《あずき》、粟《あわ》、麻《あさ》の八種類の穀物のことである。春祭において「五穀豊穣」を祈願するのも、ふつうこの八穀の中の稲、黍、麦、豆《まめ》、粟であり、ときには稗《ひえ》や蕎麦《そば》の実《み》をいうこともある。

太平洋戦争とその戦後の食糧難の時代を、これまでの暮らしの中での体験を生かしたり、あれこれと知恵を絞って、大根飯《だいこんめし》に代表される「かて飯」や代用食を考え出して、乗り切ってきた。とにかく腹をふくらませることが目的だったから、野草まで入れた雑炊なども「かて飯」のひとつと見てよいだろう。

「かて飯」として、どんなものがあったのか、私が食べたり、こんなものを食べていたと聞いたりしたものを列挙してみよう。「麦飯」「黍飯」「粟飯」「稗飯」「栗《くり》飯」「豆飯（水に戻してやわらかくした大豆の飯）」「豆飯（えんどう豆やそら豆の飯）」「ささげ飯」「蕎麦飯」「筍《たけのこ》飯」「大根飯」「芋飯（小芋やさつまいもの飯）」「零余子《むかご》飯」「蕨《わらび》飯」「茸《きのこ》飯」「うこぎ飯」「りょうぶ飯」「さざえ飯」「牡蠣《かき》飯」「浅蜊《あさり》飯」「雉《きじ》飯」「蜆《しじみ》飯」、それにいろんな野菜を入れた「加薬《かやく》飯」などだ。これらの「かて飯」の多くは季語になっているが、例句を見つけ出すのに苦労する。「うこぎ飯」や「りょうぶ飯」は、五加木《うこぎ》や令法《りょうぶ》の若い葉を入れて炊いた飯だから、春の季語と見てよいだろう。

しかし、これらの「かて飯」の中で、いまも炊かれているものは、主食の米の不足を補うものではなく、かえって贅沢な食べ物となっている。

栗飯にする栗剝いてをりしかな　　安住　敦
栗飯のまつたき栗にめぐりあふ　　日野草城

栗の鬼皮を取り、渋皮を剝くのは根気仕事だ。小粒の栗はそのまま入れるが、大粒のものは二つ、三つに割って入れている。栗飯のよそわれた茶碗の中の栗が完全な形であった喜びを、大人の草城が素直に詠んでいる。

かつて主食の足しにしてきた栗飯の栗は、これは私の記憶にもあるが、柴栗《しばぐり》など山野に自生している小粒の栗を拾ってきたものであった。いまでも栗飯の甘さというと柴栗を思い出すが、飯に炊くまでの手間暇が大変なのである。

　鴉大声にたけのこ飯の寺　　角川照子

　招客に筍飯のほか出来ず　　阿波野青畝

筍飯というと、孟宗竹《もうそうだけ》の筍を細かく刻み、油揚げや鶏肉と一緒に炊き込むのが主流であるが、角川照子の句は、あるいはこの寺で取れた淡竹《はちく》の子《こ》か真竹《まだけ》の子《こ》かもしれない。鴉が寄って来て、大声で鳴いているような寺には、素朴な味わいの筍飯が似つかわしいだろう。主食の足しにしてきた筍も淡竹や真竹の子だったと思う。

　白《しろ》飯《めし》と松茸飯の櫃二つ　　右城暮石

昭和四十年ごろまでは、松茸飯もそんなに高嶺の花ではなかった。「香り松茸、味湿地《しめぢ》」という俚《り》諺《げん》があるが、かつては雑茸《ざつたけ》といわれる湿地飯もよく炊いたものだ。茸狩《きのこがり》に入って、ひと株で五百グラム近い大黒湿地《だいこくしめぢ》を採ったのも、もう二十年も前のことである。このところ、俳句仲間に杉茸採りの名人がいて、送ってもらったときには杉茸飯を炊くが、とても香りの高い飯が出来る。栽培されて、店に出ている舞茸《まいたけ》や橅湿地《ぶなしめぢ》を使った茸飯も句材となる。

牡蠣飯や霧笛を熄《や》めぬラジオ劇　　秋元不死男

牡蠣飯というと、熊野灘に面した磯の岩についている天然の牡蠣を打って取って炊いた飯のことを思い出す。俳句を作る鮑海士《あわびあま》だった田本十鮑さんが、「こうして牡蠣を打ってよォ」と教えてくれて、竈を組み、潮木《しおぎ》を拾って炊いた牡蠣飯の味を忘れることが出来ない。

懸命に働くが好きぬかご飯　　中西倭《やまと》

宇多喜代子炊きたる零余子飯旨し　　茨木和生

零余子はむかごともぬかごとも読み、山芋の珠芽《しゅが》である。宇多さんは山で採ってきた自生の零余子で飯を炊き、集まっていた俳句仲間に振舞ってくれた。とりあえず挨拶の句をと、私は作ったのだった。

稲作の知恵

稲作が始まって以来、稲を荒らす鳥獣たちと人間の知恵比べが繰り返されてきた。特に、収穫を前にした稲を荒らされまいとして、農民が取り組んできた知恵の産物の数々は、俳句の季題、季語として残っており、今でも活用されているものがかなりある。

淋しさにまた銅鑼うつや鹿火屋守　　原石鼎

作者の原石鼎は、この句を詠んだ大正二年、深吉野《みよしの》と呼ばれている現在の奈良県吉野郡東吉野村に住んでいた。村の人々はわずかな平地を得ては田や畑を作っていたのだが、猪《いのしし》や鹿《しか》に荒らされるのを防ぐために、田畑の近くに設《こしら》えた小屋で、現れる獣を夜通し追い払っていた。近くに民家の明かりもなく、もちろん電灯などひかれていない鹿火屋《かびや》だ。山の闇は深く濃く、一人でいる鹿火屋守は、先ほど獣を追い払うための銅鑼《どら》を打ったばかりなのに、淋しさに耐えかねて、また銅鑼を打ち鳴らしたのである。

鹿火屋してあたりに見せる鹿の皃《かほ》　　松瀬青々

猪は滅多にこんなことをしないが、鹿が人恋しげに鹿火屋に近づいてきていたことを、この句は語っている。

夜もすがら火を焚きにけり猪《しし》おどし　塚口柳外《りゅうがい》
焼帛《やきしめ》の焼き尽くされしものあらず　山中みね子

鹿火屋では音を立てる以外に、「鹿火《かび》」という字の通りに猪や鹿の嫌がる臭いのするものを燻《くす》べたり、火を焚いたりした。焼帛がそれで、人の髪の毛や馬のしっぽ、ぼろ布などに火をつけておくと、燃え上がらずに燻《くすぶ》りながら回りに悪臭を漂わせる。獣は炎を恐れるからと、火も焚いていた。鹿火屋は、はっきりそれだという建物はもう見かけなくなったが、今も焼帛を焚いている田を、私はいく枚か知っている。

いつの時代から、田に番小屋を建てて猪や鹿を防いでいたのであろうか。清少納言の書いた『枕草子』には、田植《たうえ》の様子と稲刈《いねかり》の様子を描いた文章があり、稲刈の様子を描写した文章の最後に「庵《いお》のさまなど」と書いている。この庵も『小倉百人一首』の最初の歌、

秋の田の仮庵の庵の苫を粗み我が衣手は露に濡れつつ　天智天皇

の仮庵《かりお》も、鹿火屋と同じような稲田の番小屋であったに違いない。

さて、銅鑼を叩いたり悪臭のするものを焚いたりするほかにも、猪や鹿を追い払う方法はあった。

原石鼎には同じ頃の作品として〈山国のもの〳〵しさよ猪威し〉があり、なにかものものしかったことが判る。さらに〈をかしさはがらんと鳴りし猪威し〉という句もあって、「がらん」と鳴る鳴り物もあった。

猪防ぐ手立て尽くせし稲を干す　茨木和生

「もう、米作るの止めてしまおか、と思うほど猪のお守《も》りの辛《つら》い田だわ」と語り、「先祖から受け継いできたこの田もわしで最後やねぇ」という翁は、ほかにどんなことをして鳥獣から稲作を守ってきたのだろう。山田一枚を囲んでいるのは猪垣《ししがき》と鹿垣《ししがき》だった。

猪垣に三輪山の猪封じたり　右城暮石
鹿垣のずり破れたる山路かな　阿波野青畝

昔は石垣を築いたり、丸太を組んだりして猪を防いでいたが、今はトタン板を横にして並べているところもある。山そのものがご神体である三輪山も、猪にとっては天国だ。猪は三輪山から下りて来て、田畑のものを荒らすが、封じ手は猪垣である。猪は物にぶつかったり、音に驚いたりして逃げるので低い垣でも大丈夫だが、鹿はジャンプ力があり、人間の背丈を越えるような網を張って、田を囲んでいた。現在は合成繊維の紐で編んだ目の粗い網を使っているが、昔は通草や葛、藤などの蔓で網を紡《つむ》いでいたのである。最近では、田の回りに電流の流れる線を張り巡らし夜の間通電しており、電気柵といわれている。「電柵」と略して詠まれている句も見かけるが、好ましい言葉ではない。

見えてゐる音の聞こゆる添水かな　清崎敏郎

鳴子縄一本は粟畑にも　水野露草《ろそう》

訝とは思へぬひびき威し銃《づつ》　片山由美子

没日《いりひ》中《なか》鳥威しなほつとむるも　津田清子

此の案山子女物着てやさしけれ　相嶋虚吼《きょこう》

「添水《そうず》」も「鳴子《なるこ》」も「威《おど》し銃《づつ》」も、鳥獣が音に驚くという習性を利用したものだ。添水は谷などの流水を利用した素朴な装置で、そのありざまから「ばったんこ」ともいわれている。鳴子は四、五本の竹筒の片側を紐で括って、四角い板に吊り下げたものを縄に繋ぎ、ときどき遠くから引っ張って鳴らす装置である。近頃は空き缶を使ったりもしている。

「引板」は「ひきいた」「ひた」と読むが、鳴子の異称である。片山さんの句の「威し銃」は最新のプロパンガスを使用したものであろう。この聴覚的な威し銃は、騒音公害などと非難されて、だんだん使われなくなっている。「鳥威《とりおどし》」は聴覚的なものも含まれるが、句として詠まれているのは〈鳥威しひかひかひかときらめける　清崎敏郎〉とあるように視覚的なものが多い。「案山子《かがし》」も視覚的なものである。

こうして稲作を守ってきた先人たちの知恵が、だんだんとなくなりつつあるのは辛いことだ。

大和の茶粥、京の白粥

「茶粥《ちゃがゆ》さんなかったら、わしら、よう生きていかんわよ」といって笑う男を大和で、深吉野で、熊野でと、何人か知っていたが、もうみんなこの世にいなくなってしまった。

深吉野といえば、私が定宿にしている深吉野の天好園の社長だった新子好文さんは、「せんせぇ、はよ起きてこんと、茶粥さん、のびてまうがな」と、私の寝ている部屋まで起こしに来ることがあった。「せっかくおいしい炊けてんのに、茶粥さん、のびてしもうたら、もみのうなるがな」とも、これ聞こえよがしにひとりごちてもいた。「もみない」とは「もむない」の転で、うまくないという大和の方言である。

茶粥好きの男は、「茶粥はわがで炊かんと」といって、朝早くから竈《かまど》の前に立っていたものである。「いまは御飯なら、スイッチ入れといたら、ひとりでに炊けるけどよ、茶粥さんは吹きこぼさんように傍に付いとかんとあかんねや。いうてみたら、茶粥さんは人件費食いやがな」と、「茶粥さんやのに、値ぇ、張るんやなぁ」といった客に応えている天好園の社長の声をよく聞いたことがある。

じつは私も茶粥の好きな男の一人である。毎朝、弁当の御飯のほかに茶粥を炊くだけの米があったのだから、私が小学校四年生のころだったのだろうか。「茶粥さんの炊き方覚えといて、損することがないわな」と、朝早くに母は私を起こして、茶粥の番をさせていた。「うちの家はこうするのや」と、木綿の布で縫った茶袋に入れた枝がちのほうじ茶を、沸き立った鉄釜の白湯《さゆ》に入れて煮え立たせた後、笊に洗い上げてあった米を釜に入れた。一升五合の水に米三合というのが、わが家の茶粥だったが、たいていの家もその按配だったと思う。母も茶粥さんは竈のお守《も》りが大事やといっていたが、茶粥を吹きこぼさないように、煮え立った茶粥を栗の木の杓子で掬っては、釜に戻していた。薪の火を加減しながら、竈の前に立っての茶粥さんのお守りであった。さらっとした茶粥に仕立てる家が多いが、米の腹が割れかけたころを見計らって、薪の火を全部引き、真っ黒になった木の蓋をしてしばらく蒸らすのである。こうして出来上がった茶粥にはったい粉を入れたり、焼きたての欠餅《かきもち》を入れると香ばしく、何杯もおかわりをしたものだ。

ガスを使っても、茶粥を炊き上げるのに二、三十分はかかるから、この頃は、手っ取り早い入れ茶粥を炊くことにしている。入れ茶粥とは、煮立ったほうじ茶の湯に、御飯を入れて炊いた茶粥のことで、茶粥としての味は、一段も二段も落ちる。

茶粥でも食へと吉野の猪猟師　藤本安騎生

「今年の猪《いのしし》はどや、よう獲れてるかいな」と猪猟師《ししりょうし》の家に立ち寄ったのであろう。「先生、ちょうど間水《けんずい》の茶粥さん、炊けたとこやで、食うていきや」といわれ、「ほな、よばれるわ」といって、食べているのだ。間水とは、食間の軽い食べ物をいう大和の方言である。この作家は町から深吉野の地を終《つい》の住処《すみか》として移り住んだのだが、村人とこんな交流ができるのは、人徳があるからである。

栗粥の栗柴栗でありにけり　山中みね子

田の少ない吉野郡や宇陀郡の山里では、麦茶粥《むぎちゃがゆ》も炊かれていた。前の晩に一度炊いておいた丸麦（これを大和では「よまし」と呼んでいたが）と米を一緒に入れて炊く茶粥のことである。そんな麦茶粥に、さつまいもや小芋を入れた麦茶粥を炊いたと聞いている。山中さんの句のように、茶粥に栗《くり》を入れるということは私の家でもしてきた。この句の栗粥は、ことわってはいないが、山で拾ってきた柴栗《しばぐり》を使った茶粥であったろう。柴栗は小粒だが、甘みのある栗だ。硬い皮を取り、さらに渋皮を取ってと手間隙はかかるが、この栗粥はみんなに喜ばれた。山に入って柴栗を拾うと、木食《もくじき》上人はこうだったのでは、と思い遣りながら、先ずは生のままで食べる。「どこにそんなに入るのや」と母によく笑われたが、栗粥なら大きな椀に四、五杯も食べたものだ。

たつぷりといただいてきぬ十夜粥　大石悦子

十夜《じゅうや》は浄土宗の寺院で陰暦の十月五日夜半から十五日朝まで行われる念仏法要のことである。仏前には新米も供えられるが、その米でもって粥を炊き、夜中に参詣の人々にふるまったのが、十夜粥だ。「京の白粥《しらかゆ》、大和の茶粥」と昔からいわれてきたが、十夜粥もその通りであった。

自然薯のものぐさ太郎掘り出さる

茨木和生

山に生えている自然薯《じねんじょ》を掘り出すのは根気の要る仕事で、日中一日かけて三本も掘り出せば上出来である。芥川龍之介の短編小説『芋粥』は、『宇治拾遺物語』の「利仁芋粥事《としひといもがゆのこと》」をもとにしたものだが、私は、掘ってきた自然薯を使い、掘り出してきた葛の根から汁を取って、『宇治拾遺物語』に出ている芋粥を作ったことがある。家に来た五、六人の卒業生に振舞ったのだが、みんな食べ残した。別に作ってあった、その芋粥に牡蠣を入れたものを出すと、「うまいですねぇ」と、卒業生達はにこやかだった。

山畑の冬用意

「運河」では、午前中に吟行をして午後に句会を持つというケースが多い。出かける吟行地は、私の住んでいる奈良県内でいえば、自宅近くの平群《へぐり》の地はもちろんのこと、宇陀郡や吉野郡の山里などである。吉野といえば、花の美吉野《みよしの》を思い描かれるに違いないが、その花どきの喧噪が嫌いなので、私が吟行するのはそこではなく、『古事記』『日本書紀』にも描かれている、夢を感じさせてくれる深《み》吉野《よしの》の地ということになる。ここにいう深吉野とは、行政単位でいうと、奈良県吉野郡東吉野村であり、そのとなりにある川上村だ。

万緑の宇陀郡ぬけて吉野郡　　右城暮石

これらの村へは、近鉄大阪線の榛原《はいばら》駅で下車して、俳句仲間の車に乗せてもらったり、迎えに来てくれた宿の車に乗って入る。宇陀郡の山々もそれに続く吉野郡の山々も杉や檜の人工林が多く、万緑《ばんりょく》の頃など、まさしく緑に満ちた宇陀郡を抜けて、さらに緑の深い吉野郡に入ることになる。

春の土握るほとほと土が好き　　相野暲子

宇陀から東吉野に嫁《とつ》いできたこの句の作者は、山の田や畑を耕し、菌山《きのこやま》を守って暮らしている。そんな暮らしぶりが見えるように、「春の土」の句は、根っからの畑仕事の好きなこの作者らしい作品だ。それでも、「宇陀はなぁ、山畑も土が深くまでゆったりとあってなぁ」とため息をついて、「ここ（東吉野）から見たら、宇陀の土はうらやましい限りです」という。

「うちらの山畑は、下からひと鍬づつ上げるようにして打ってゆきますんや。土を下にこぼさんように注意して打ちますんや。ひと鍬の土がどれほどに大事か、身をもって知ることのできる畑です。ちょっと耕したらすぐ下に磐《いわ》が出て来て、土が少ないんです」ともいう。

「うちら、屋敷回りの畑を作ってるから、守《もり》もわりと楽やけど」といいながら、「〈羚羊《かもしか》の来て胡瓜蔓喰ひ千切る〉という句も作ってます」と笑っている。こんな山畑の冬用意は女性の仕事だ。

蒟 蒻 掘 る 尻 が の ぞ き て 吉 野 谷　　橋本多佳子

この句は「賀名生《あのう》」と題して詠まれた一句である。賀名生村はのちに西吉野村となり、この度の合併によって五條《ごじょう》市に編入された。吉野郡の山畑に作られている蒟蒻芋《こんにゃくいも》は、一部は換金されるのだろうが、多くは自家用のものだと思う。晩秋から初冬の日差しの中で蒟蒻芋を掘る作業は続けらるが、「蒟蒻掘る《こんにゃくほる》」は初冬の季語である。山畑に植えられた里芋やさつま芋も霜の来るまでに収穫を終えている。

芋囲ふ穴に日を入れ藁を入れ　相野暲子

「芋類は風邪ひかしたらあかん」という言葉は、寒さのきびしい山郷《やまざと》だけではなく、底冷えのする大和《やまと》の国中《くんなか》でも使い、籾殻《もみがら》を入れた穴や箱に保存して、冬場の食料や春から初夏にかけて植える種のために備えたものだ。

家よりも日向がながし粟畑　茨木和生

芋類を掘り、小豆《あずき》や大豆《だいず》を引き、粟《あわ》や黍《きび》を刈り取った山畑はすぐに打たれ、山の上を足早に西に進むようになった日の光に白く乾いている。やや後に、漬物に漬け込む大根《だいこん》を抜き取った畑も耕される。そして、大根や蕪《かぶ》、冬菜《ふゆな》の種がまた蒔かれるのだ。別の畑で苗に育ててきた水菜《みずな》を植え替えたりもしている。

嫁ごろしてふ段畑の貝割菜　松島艶子

今ではこんな段畑に、大根や蕪を育てているところはないといってよいだろう。日受けのよい斜面を切り開いて作った段畑だが、その畑をどうして「嫁殺し」と呼んだのだろうか。貝割菜《かいわりな》という季語を、スーパーマーケットで売っているパック入りの貝割れ大根だと思っている人には到底想像することはできないと思う。

芽を出したばかりの貝割菜には、雨が降らないと水やりを欠かすことはできない。谷に下りて肥桶《こえおけ》に水を汲み、それを背負って急斜面を登っていったのだ。肥料といっても人の糞尿だが、同じようにして山畑に通う。収穫のとき、貝割菜の育った大根や蕪は持ち重りのするものだから、これを家に運ぶのも大変だった。おそらく江戸時代からこの四、五十年前まで生きていた言葉だし、山郷に嫁いできた女性はこの厳しさ、苦しさに耐えてきたのだ。こんな時代のあったことを記憶に留めるためにも、この句は貴重である。

足音も肥料と言はれ大根蒔く　　上野山明子

大根の種を蒔いて一週間もしないうちに貝割菜という状態になる。「足音も肥料」というのは、それほど足しげく畑に通えということである。

猪垣の中に鳩除け貝割菜　　藤本安騎生

段畑に通って、水を、肥料をやり、草を抜いてというだけではない。山畑の野菜栽培には鳥獣との戦いも待っているのだ。なかでも山郷の人が「知恵者」と呼んでいる猿との闘いはそれこそ知恵くらべ、根くらべである。

天日のありがたさ

私が作句をはじめたのは、高校一年生のときだが、〈破れ破璃寒気背後の生駒より　和生〉という句は、その初期の句である。罅《ひび》割れのできているガラス戸に和紙を貼っていたが、それは毎夜のごとく吹く生駒颪《いこまおろし》にびびびと鳴っていた。

そんなある夜、「寒うないか。炬燵《こたつ》に入れるまで、お前の握った大きめの炭団《たどん》を火鉢《ひばち》に入れといたるわ」と、あかあかと火のまわった炭団を十能《じゅうのう》にのせて、母が部屋に入ってきたことがあった。

「火はありがたいもんや」と言った母に、「火もありがたいけど、この世でいちばんありがたいのは何で」と聞いたことがある。すると即座に「そら、いちばんありがたいのは、おてんとさんや」と声を弾ませた。「この炭団ひとつかて、おてんとさんの力借らんとでけへんし」と言って、「よって件《くだん》のごとしや」と真顔になった。太陽がありがたいということである。このところ、この母の話を思い出すのは、魚の干物や海藻類、椎茸《しいたけ》や切干《きりぼし》など、わざわざ「天日干《てんぴぼ》し」とレッテルを貼った商品をよく目にするようになったからである。歳時記を見ていると、「干す」という言葉のついた季語がかなり出ていることに気付く。それはほとんど全て漁村や農村、町の人々の暮らしと関わっている季語だ。食生活と関わる季語が多いのだが、そのうちの冬のものを見てみよう。

颪すべく伊吹は立てり干大根　　阿波野青畝

漬物にするために、何段にも組んだ稲架《はざ》に大根《だいこん》が干されている光景は見事である。大根は初冬の日差しと、伊吹山を吹き降ろしてくる風に乾いて、漬物にされるのだ。

大根をどこかに干せりどの家も　　右城暮石

家々の点在している山里の光景であろう。表の軒に、裏の軒に、あるいは柿の木や栗の木にと、どの家も漬物にするために大根を干しているところで得た句だ。この二つの句の季語は、「干大根《ほしだいこん》」「大根干す」である。大根だけでなく、漬物にするために蕪《かぶ》を干す「蕪干す《かぶら》」「干蕪」という季語もある。軒下に竿を渡したり、稲架に懸けたり木の股に懸けたりする大根や蕪は、ふつうその葉を落としていない。漬物にするとき、葉は切り落とすが、捨てることはしない。切干大根を作るときには葉は最初から切り落とすが、これも捨てない。これらの葉を干したものが「干菜《ほしな》」なのである。

長生きの眉毛をぬらす干菜汁　　角《かど》光雄
干菜湯におほぢがふぐりふやけたり　　茨木和生

干菜は天日で、風で乾燥させたものだから、黴が生えることもなく、日持ちがする。「長生き」の句は、干菜汁から上がる濃い湯気で長寿眉が濡れたのであろう。かつて、冬野菜の少なかった時代には、干菜汁は体が温まり、重宝された。
「干菜湯」の句の「おほぢがふぐり」とは蟷螂《かまきり》の卵のことだ。干菜に蟷螂の卵がついていたことを気づかぬままに風呂を沸かしてしまったのだ。干菜を頭に被せたりして風呂で遊ぶことの好きな息子たちが、変なものが浮いていると叫んだので、飛んでいったことを思い出して詠んだ句である。干菜湯に入ると湯ざめがしないと言われるので、冬場にはよく沸かしたが、子供たちがふざけて湯が汚れると、家内には不評だった湯である。

干菜湯の袋手拭縫ひ合はせ　植松千英子

干菜を袋に入れると、干菜で遊べないから、今度は子供たちに不評を買うことになる。

郵便夫切干筵踏むまじく　行方克巳

切干は、歳時記には「切干作る《きりぼしつく》」として出ており、傍題季語に「切干」「割干《さきぼし》」「花丸切干《はなまるきりぼし》」などがある。「花丸切干」とは、大根を輪切りにして干したものだ。大根を千切りにしたり、太めに切ったり、八本ほどに縦割りにしたりして干すのだが、その干し方にもいく通りかの方法があった。行方さんの句では、農家の前庭一面に筵を敷いて切干を干している。郵便配達に来た人は、その筵を踏むまいとして身を横にして歩いてゆく。この句の切干は、おそらく千切りか花丸だろう。千切り以外のものは、藁で編んだり、縄に挟み込んだりして干していた。

切干は天日干しのものと重油などを使って乾燥させたものとでは、大きな味の差があり、歳時記の季語としての「切干作る」は、当然のことながら天日干しのことである。

切干やいのちの限り妻の恩　日野草城

戦後の食糧難時代の続く昭和二十四年の作品だが、この時草城は、もう三年も病床に臥していた。そんな草城の原稿の口述筆記をはじめ手紙の返事、身の回りの一切のことを妻の晏子《やすこ》が行っていたのである。切干は油揚げと煮て、いくたびも食べたことであろう。ひょっとしたら、晏子が手間暇をかけて縁側で干してつくった切干かもしれない。日常口にする切干を季語として上五に斡旋したのも、草城の妻へのあたたかく深い感謝の気持ちからである。

「切干」というと、わたしは「いちばんありがたいのは、おてんとうさんや」と言って、切干をつくっていた母と、日野草城のこの句が真っ先に思い浮かぶのである。

薬喰

「新しい年を迎えるまでに、一度は薬喰《くすりぐい》をしておかないとけじめがつかないように思って」と言い、「これまで続けてきたことを止めるのは不安だから」という元宝ジェンヌの三人と、年《とし》の暮《くれ》になると牡丹鍋《ぼたんなべ》や鴨鍋《かもなべ》を囲んできた。今年の暮にはそれは初めてだという三人を含めて、七人ほどで熊鍋《くまなべ》を食べに行く約束をしている。

元宝塚女優と薬喰にかな　茨木和生

「美山さくらさんらと天好園へ」という前書きのある句だ。「香ばしい猪肉《ししにく》やったらな、ほんまは鋤焼《すきやき》が一番やねんけどな。茨木せんせはな、俺やるていうけど、猪《いのしし》の鋤焼は鍋奉行が下手やとあかんねやがな。今日の猪肉はええけどな。わしが忙しいで、牡丹鍋をまわり（準備する）したんねや」と、愛想のいい天好園の社長は、味噌仕立ての土鍋に「仰山、猪肉入れんとな」と、大皿を傾けて猪肉を入れている。「この鹿刺《しかさし》も上等やで。突出しは鹿肉を甘辛ろうに炊いたもんや。土生姜《つちしょうが》を上手に効かすのがこつやで。鹿肉はえろうに精がつくそうやんけ」と、にっと笑って社長は部屋を出てゆく。冬の猟期に捕れた鹿肉は刺身のほか焼肉や佃煮にしたりするが、脂がのっていてうまいのは、害獣駆除の許可を得て捕獲された夏鹿の肉である。「これ、回し飲みしいや。何か知ってるけ。雉肉《きじにく》焼いて熱燗の酒に入れた雉酒や」と社長は大きな朱盃を置いていく。

小うるさき奉行がふたり牡丹鍋　　倉富あきを

「猪肉はよう炊いたほうがうまいんや。猪豚《いのぶた》やったら、はよ食べんと硬《か》となるけどななぁ」とか、「菊菜《きくな》や田芹《たぜり》はさっと入れて、すぐに食べんと」などと仕切っている奉行のいる牡丹鍋はうまい。

大根が一番うまし牡丹鍋　　右城暮石
雉鍋につづきて牡丹鍋出たる　　同

牡丹鍋に入れる大根は鉈切りにしたものが一番だ。あめ色になって、煮崩れる寸前のものの甘さはたとえようもない。雉鍋はかしわ（鶏肉）の鋤焼と同じような具を使ってする。雉肉だけでなく、山鳥の肉も養殖されたものが出回っている。

猪鍋の出汁取る猪の足使ひ　　四谷たか子

牡丹鍋は猪鍋ともいう。鶏のがらを使って出汁《だし》をとることは知られているが、猪の足を使って出汁を取るというのは、私も知らなかった。

取置きの三足の雌薬喰　茨木和生

猪の大きさは、その皮で履《くつ》が何足取れるかということで表し、大きな猪なら六足ものもいる。

信濃路は今の墾道《はりみち》刈株《かりばね》に足踏ましなむ履《くつ》着《は》けわが背　『万葉集』巻十四

信濃の道は新しく切り開かれた道なので、きっと雑木や笹竹の切り株をお踏みになるでしょう。ねえ、いとしい方よ、履をはいてくださいね、という意味の歌だが、腰に吊っていた猪の皮を丸くくりぬいた履のことである。三足の雌は、肉が柔らかい上に脂ののりもよく、焼肉にしてもおいしくいただくことができる。猪の子供は瓜模様が体にはしっているので、瓜坊《うりぼう》と呼ばれているが、ある日、その瓜模様の消え始めた肉をコロコロステーキにしてもらったことがある。こんなにおいしいものがあるのかと思ったほどだった。

薬喰猪の腸入りたるを　山中弘通

猪の腸《わた》だが、〈猪の臓洗濯物のごと洗ふ　四谷たか子〉という句のように、ごしごしとよく洗わないと他のものまで臭くなってしまう。

虎杖の和へ物も出て薬喰　山内節子

この虎杖《いたどり》は春に採ったものを皮を剥き、塩漬けにして保存していたものだ。胡麻和、味噌和などにするが、歯ごたえのよい和え物である。こんなもののついてくる宿の牡丹鍋なら、その肉もきっとよいものだったに違いない。

熊汁の鍋蓋に味噌ふき上がる　　矢田部美幸

この熊汁は囲炉裏に五徳を置いて、大きな鉄鍋で煮ているのだろう。味噌仕立ての汁だ。私の家では、熊肉の鋤焼をする。玉葱を主として使うが、入れる野菜の美味しいのが、この鋤焼の特徴だ。白い脂身の多い熊肉だが、脂濃くはない。冷えても白く凍ることはなく、揺れば崩れる、黄金色の油膜が張っているだけだ。雪に埋もれた野菜を使った熊肉のしゃぶしゃぶを食べさせてくれる宿もある。

じゅんじゅんといふうまさうな薬喰　　清水修

「じゅんじゅん」と呼ぶ琵琶湖の雑魚を使った鋤焼だが、その音が聞こえてきそうだ。湖辺に暮らす人々の生活の知恵から生まれた鍋物である。

まきストーブ

今日は大晦日、例年なら近くの野鳥公園の保存樹の小楢《こなら》の古木はかがやきのある枯葉を一葉も落とすことなく、ときには風に鳴っているのだが、今年はすべて落葉してしまって、さびしげな枯木となっている。夏の暑さと長く続いた残暑の影響だろうか。

大晦日の地方新聞「奈良新聞」一面の見出しは「まきストーブ続々」とほぼ横一段で、その下に「東吉野　村が設置費用補助」と続く。縦の棒見出しは「燃料は村の間伐材」その横に「地域資源使いエコ」とある。

記事を少し引用してみよう。

（略）東吉野村は平成20年2月、村地域新エネルギービジョンを策定。さらに木質バイオマス資源の有効活用を特化して具体化した。村では基幹産業の林業不況で、間伐材が放置されたり、手入れされないままの山林が増えた。土砂崩れなど災害を引き起こす心配も高まる。まきストーブ導入の狙いは、間伐材などの利用を促し、荒廃山林の課題解決につなげることだった。

とある。

ここで提起されていることは、単に東吉野村だけの問題ではない。全国的な課題である。このところの水害の被害状況を見ていると、山から大量の間伐材や倒木などが流れ出て、橋に堰かれて水が溢れ出るというケースがまま見られる。施設や家屋に流れ入る濁流は木材を伴っている。間伐材だけではない。手入れされない山林の地面は真っ暗がりで、地表を覆っている草木が全くないために、杉など根ごと覆《くつがえ》されて土砂とともに滑り落ちてゆく。ダムに堆積する土砂の量が多くなっているのもこの山林の荒廃と大きく関わっている。

東吉野村では家庭や事業所にまきストーブの設置を呼びかけ、上限十五万円で、まきストーブ購入、設置費用の半額が交付される。実際この補助金を得てまきストーブを設置した人の紹介記事があるが、その一部をみると、「まき割りはお手のもので間伐材は自分の山に取りに行く。家族団らんの中心にまきストーブ」とある。村では今年十件の申請があったという。記事はさらに「地域の課題も解決しながら自然エネルギーを活用し、村民主体で新エネルギー普及拡大が進む。水本実村長は、『まずはまき作りを通じて、間伐材の有効利用を伸ばしたい。小さな取り組みだが、将来的に地球環境保全につながれば』と展望する」と続く。

この水本実村長の思いが、間伐材の放置や、山林の荒廃に悩む全国の自治体に通じてほしいと思う。そして、それを後押しする国の施策も必要だろう。「美しい日本の自然のために、豊かな日本の自然のために」と、声をあげておきたい。

季語を考える

言葉を得るまで

『去来抄』に、「魯町曰、竹植る日は古来より季にや。去来曰、不覚悟。先師の句にて初て見侍る。古来の季ならずとも、季に然るべき物あらば、撰び用ゆべし。先師、季節の一ッも探し出したらんは後世によき賜と也」とある言葉に刺激を受けた俳人は多いに違いない。

明治三十年の前後、正岡子規、高濱虚子、松瀬青々たちは、漢詩の詩句を借用して、季語として定着させようと、さまざまな作品を作っている。

例えば、「春潮《しゅんちょう》」という季《き》の詞《ことば》をはじめに使ったのは、高濱虚子であった。

春の海の好きな私は、春になると瀬戸内や熊野の海べりに立って潮の音を聞くことをしてきた。ありがたいとしか言いようのない、日の光を返して輝いている春の海は、こころよい潮の音を立てて流れている。そんなとき、まず口ずさむのが、虚子の句集『五百句』に収められている、

春 潮 と い へ ば 必 ず 門 司 を 思 ふ　　高濱虚子

である。春の大潮の時には干満の差が特に大きく、関門海峡の春潮は渦巻いて、音を立てて速く流れている。潮の色も青くなって、日にきらきらと輝いている。住んでいる鎌倉の海と違って、初めての

門司で見た、こんな春潮の体験がいつまでも虚子の心に残っていたのであろう。

「春潮」という季語、虚子が始めて句のなかに採用したのは、明治二十八年のことで、

　春潮や海老はね上る岩の上　　高濱虚子

という句であった。虚子は二十一歳だった。さらに翌年には、「春潮」を「春《はる》の潮《うしお》」と訓読みにして、

　音たてて春の潮の流れけり　　高濱虚子

という句を発表している。この句など、春潮の、春潮らしさがじつに素直に詠まれており、その景が鮮やかに浮き立ってきて、今の時代に詠まれた句のようなみずみずしさがある。

「春潮」という言葉を、おそらく虚子は漢詩の中に見たのだろう。例えば、王昌齢の「春潮夜夜深《しゅんちょうよよにふかし》」や韋應物の「春潮帯雨晩来急《しゅんちょうあめをおびてばんらいきゅう》」といった詩句である。音読みをして、ひきしまった響きを味わうのもいいが、「春の潮」は、何とものどやかな感じがする。『拾遺集』に「春の潮路」ということばが使われているが、この言葉に依拠したのではなく、「春の潮」という季語は虚子が生み出したものである。

明治三十年、「ホトトギス」に投句をはじめて間もない松瀬青々は、こんな佳句をものしている。

　暁や北斗を浸す春の潮　　松瀬青々
　石段にのる事二尺春の潮　　同

舷や手に春潮を弄ぶ　同

「暁や」の句は当時、孤雲と号していた松瀬青々が雑誌「文庫」の虚子選に投句した中の一句であり、この投句で虚子は、「投句六十、悉く之を採るも可。（略）遠からずして我が俳壇一方の将たらん」と評している。

「舷や」の句については、寒川鼠骨の「春潮の句」という一文がある。青々の主宰誌「倦鳥」の昭和十二年三月号に掲載された青々への追悼文であった。少し長いが引用してみる。

いつか虚子と共に町を歩いてゐた時だつた。

舷や手に春潮を弄ぶ

なんとうまいだろがな、と虚子が呼びかけた。ウム、一寸うまいやうだな、と私は答へた。

「青々はうまいかい」虚子は感歎に堪へないやうな態度だつた。

「今のはお前の句ぢやないのかな」

「青々の句なんだ」

「ハーン、青々つて誰ぞな」

「大阪の松瀬よ」

私が初めて松瀬青々の名を記憶したのは此時だつた。

これは古い明治の三十年頃の話だ。その頃は蕪村調が鬼の首のやうに珍重がられた時だつた。

「春潮を弄ぶ」も蕪村ばりの点に於て感歎されたものらしかつた。（以下略）

「春潮」という季語を生み出した高濱虚子が、門下の松瀬青々が「春潮」の佳句を詠んだことにどれほど満足していたかが、この寒川鼠骨の文章からよく伝わってくる。

妹が鼻つままくしたり春の闇　松瀬青々
酒飲んで眠たき旅や蜃気楼　同
しろき蝶野路に吹かるる薄暑かな　同
春泥や忘れたやうに鳥の啼く　同

虚子の生み出した季語「春潮」について、その典拠などを、青々は虚子から直接聞いていたかもしれない。その話に刺激を受けた青々は、漢詩文の中に言葉を求めて明治三十年代早い頃に「春《はる》の闇《やみ》」「蜃気楼《しんきろう》」「薄暑《はくしょ》」「春泥《しゅんでい》」などを季語として定着させるべく、努めるようになる。

避暑に来る西洋人の夫婦かな　正岡子規
一匙のアイスクリームや甦る　同

「避暑《ひしょ》」「アイスクリーム」とは、珍しいことの好きだった子規らしい季語の創設である。

凍港や旧露の街はありとのみ　山口誓子

どんよりと利尻の富士や鰊群来　同

氷海や船客すでに橇の客　同

「凍港《とうこう》」「鰊群来《にしんくき》」「氷海《ひょうかい》」は、山口誓子の句集『凍港』の中の新しい季語であるが、虚子によって認められたものである。虚子の選者としての幅が狭かったなら、誓子のこんな作品を認めなかったと思うが、虚子が指導者として秀でていたことの一例である。その誓子は、例えば、「凍港」という言葉をどうして得たのだろうか。誓子は『自選自解山口誓子句集』の中で、「地理の教科書で〈不凍港〉という言葉を知っていたから、〈不〉を削って、〈凍港〉だけにしたのだ」と書いている。

諏訪湖を訪れた橋本多佳子の句だが、

月一輪凍湖一輪光りあふ　橋本多佳子

について多佳子は何も語っていないが、例えば洞爺湖が「不凍湖」と知っていたのを思い出して、誓子にならって「不」をとって、「凍湖《とうこ》」だけにしたのかもしれない。

蚊だやしの地渋崩して泳ぎけり　茨木和生

「蚊《か》だやし」を季語とした私の作品であるが、歳時記にはない季《き》の詞《ことば》である。蚊絶やしは目高のそっくりさんだが、字の通り、蚊の幼虫の孑孑《ぼうふら》を食べる外来魚である。

「目高」は夏の季語だから、私は「蚊絶やし」を夏の季語として詠んだのである。目高の句を詠んでいる俳人に尋ねると、「小さい魚だったから目高にしておいたの」は論外として、「蚊絶やし」を目高だと思っている俳人は意外と多いようである。

私は、「蚊絶やし」という言葉は早くから知っていたが、「地渋」という言葉を得るまで三年近くかかった。田の水溜りや溝川の水面を見ると、青くなったり、銀色になったりして光っている金属質の膜を見かけることがある。蚊絶やしはそんな水面を切って泳いでいたのだが、さて句に詠もうとすると、その水面に張っている膜をなんと呼ぶのか分からなかったのである。理科の教師にでも聞けば簡単に教えてくれるだろうと思ったのだが、知っているものはいなかった。ときどき思い出したようにして、出合った人に聞いてみても、首を横に振るばかりである。

ところがしばらくそのことを忘れていて、丹波方面に吟行に行ったとき、山の深田の水面に張っているその膜を、帆立貝の殻で作った柄杓で掬っている人を見かけて、尋ねてみた。「新しい釉薬《ゆうやく》にでもなるかと思って」という陶芸家だった。「もしや」との思いをもって聞いてみると、「ここらではじぶと言うてる」と返ってきて、畳み掛けるようにどんな字かご存知ですかとも尋ねると、漢字は知らんと、突き放された。

ものはためしと、『広辞苑』を開いてみると、なんと「地渋」とあり、しかも、その説明は私の期待通りだったのである。

新幹線の景色から

晩年の山口誓子の作品には新幹線からの風景を詠んだ作品が多い。週に一度、新聞俳壇の選句に上京するのだが、車中にいて、誓子の目に飛び込んでくる風景を捉えて作句していた。しかし、現れてくる景色にことごとく応接しているわけではない。誓子はここと決めた地で、選句の手をとめて句帳を広げ、目に飛び込んできたものを書き留めていた。

雪が好きだった誓子は、雪の伊吹山に、関ケ原に、富士山に目を送って、それらの雪景色を称えるようにして詠んでいた。

白雪の胸襟開く伊吹山　山口誓子
雪積みて全白となる関が原　同
雪の富士左右の裾を長く曳く　同
三島より見る端正の雪の富士　同

誓子らしい、切り取りの鮮やかな作品である。車中から見て、見止めたものをすばやく書き留め、その後推敲を繰り返して、一年後に発表したものである。これも、「物の見えたる光、いまだ心にきえざる中《うち》にいひとむべし」という、芭蕉の言葉を実践したものである。
そんな誓子の目の捉えたこんな作品がある。

近江の田泡立草の黄の割拠　山口誓子
崩れ場には雪無し雪の伊吹山　同
新緑の関が原朱の鉄骨林　同
浜名湖の畦にビニールの館　同
雪の富士裾野に紅燈パチンコ店　同

泡立草やビニールの館、パチンコ店などはその地にはふさわしくない「もの」であるが、異質のものとして、取り上げて作品にしている。浜名湖を列車が通り過ぎるのは一分足らずだろうか。「浜名湖は霞みて奥に海ある如」と誓子は詠んでいる。浜名湖も誓子が目を凝らしていた所である。これらの誓子の句は何ものいいをしていないが、「これでは困るなあ」とうめきながら、句に詠んでいるように思えてならない。

このところ月に一、二回上京するのだが、私も誓子に倣って、伊吹山、関ケ原、浜名湖、富士山を見落とさないように見ている。新幹線はスピードが速いから、見えるものの多くを見えなくして東京に着く。もちろん、のんびりと車窓に移り行く風景を見ている人など、一人としていない。

車窓近くの赤松の山が枯れ出したのはもう十五年ほども前からだろうか。これらの赤松山はよく松茸の取れた山々であった。赤松の木は倒れたのだろうが、いまそんな山の頂近くまで竹が攻め上ったところもある。新横浜駅あたりまで、竹の入り込んでいない山のほうが少ないのではないだろうか。「竹藪の手入れは手間食いや」といい、「番傘差して通れるように藪を梳《す》いてやらんと、ええ筍は出えへんわな」と聞いてきたが、竹藪の持ち主の高齢化と安い筍の輸入で、竹藪の放置は進んでいる。

美しい日本の自然を称えたいと思うのだが、竹藪化してゆく山一つを見ても、美しい日本は遠くなっていくように思えてならない。

天《あま》の竹藪

わたしたち「運河」の定例句会の会場は橿原《かしはら》市の奈良県社会福祉総合センターの五階にあるので、東と南の眺望にすぐれている。全面が大きな窓で、間近くの甘樫《あまかし》の丘や雷《いかづち》の丘から天《あま》の香久山《かぐやま》を、ちょっと左に首をふれば耳成山《みみなしやま》も見ることができる。もちろん三輪山《みわやま》から談山神社《たんざんじんじゃ》にいたる山なみも、御破裂山《ごはれつざん》から吉野《よしの》にいたる山々も見ることができる。廊下に出て、西の窓を見れば、手が届きそうな位置に畝傍山《うねびやま》がある。畝傍山、耳成山、天の香具山をあわせて大和三山と呼び習わしている。

御所《ごせ》市にも「運河」の支部があって、その句会は朝に全員が吟行をし、午後に句会をという形をとって久しいが、その御所市も高天《たかま》・鴨神《かもがみ》・櫛羅《くじら》・蛇穴《さらぎ》・古瀬《こせ》（万葉歌では「巨勢」と出る地）などという地名が示すように古い地である。その高天からは大和三山が下に見え、遠く東には高見山が、さらに右へと目を送れば、大峯の山々が遠望できる。句会場からや、吟行によく行く高天から見る大和三山の姿は、『万葉集』に詠まれた山容と変わりがないように思われる。大和三山の内で、飛鳥の都に一番近かった天の香具山は、望国《くにみ》の山とし『万葉集』巻一に二番目の歌として出て来る。

大和には　群山《むらやま》あれど　とりよろふ　天の香具山　登り立ち　国見をすれば

国原は　煙立ち立つ　海原は　鷗立ち立つ　うまし国ぞ　蜻蛉島《あきつしま》　大和の国は

標高わずか百五十二メートルの小高い丘のような山だが、それで十分に、都の周辺はもちろん、大和盆地のほとんどの地を望見することができたに違いない。天の香具山を詠んだ万葉歌をもう少し見てみよう。

（略）大和の　青香具山は　日の経《たて》の　大御門に　春山と　繁《しみ》さび立てり（略）

『万葉集』巻一52

この歌を見る限り、天の香具山は青々とした常緑樹が繁茂《はんも》していたように想像することができる。天皇が国見のためにこの山に登られるのだから、道もつけられていただろうし、眺望が利くように頂上の禁樹《さえき》は伐り払われていたであろう。

春過ぎて夏来るらし白栲の衣干したり天の香具山

『万葉集』巻一28

持統天皇の御製として知られている一首だが、いま天の香具山を目の前にしたとき、この歌のパロディとして、

春過ぎて夏来るらしさみどりの竹に満ちたり天の香具山

茨木和生

と詠みたいまでの状況である。

飛鳥に都のあったころから、天の香具山という山の裾は集落であったり、田や畑であったりしたに違いない。どこまでを天の香具山の範囲とするか、そこまでは調べていないが、東の方の緩やかな斜面は、ほとんどが手入れのされていない孟宗竹《もうそうだけ》の藪となっている。北側は少し竹が入り込んでいるだけだが、南の斜面は勢い強く孟宗竹が蔓延《はびこ》ってきている。天岩戸《あまのいわと》神社があるのだが、その参道の入り口から社殿の回り、神籬《ひもろき》もこれ以上生える余地がないというほどに孟宗竹が密生している。ご神体と思われる岩戸の間からも竹が生え、私が訪れた時は、皮を脱ぎかけたばかりの太い筍がくろぐろと伸びていた。

孟宗竹は十八世紀に中国から持ち込まれた竹であるが、主として筍の生産を目的に里山周辺に多く植えられてきた。二、三十年前までは、筍生産のために筍藪の養生が十分になされていたから、竹が山に入ることもなかったし、植林された杉檜の山もまた手入れが行き届いていたので、竹の入り込む隙などなかったといってよい。

「また聞きやが」と断りながら、「この香具山もやが、耳成山でも松茸を採ったというじいさんの話を聞いたことがある」と話してくれた人にも出会った。「たしかに尾根筋に赤松が生えていたような記憶がわしにも残ってるなあ」とその人は話してくれた。

『万葉集』の時代からすると、天の香具山の樹相はいくたびか変わって来ただろうが、竹の植林の始まった二百年余り前までは、照葉樹が中心で、その中に松、杉、檜などの針葉樹が生えていたものと思われる。何も天の香具山に限ったことではない。日本の山々がそうであっただろうと思われる。神の木として崇めて、一切伐採していない吉野山の桜が、昔に比べてずいぶん少なくなったという吉野の人の話を聞いた本居宣長は、「杉の植林が吉野の桜を枯らしている」と語り、人工林の弊害を指摘している。そのことは、宣長の著『菅笠日記』に書かれている。

かつては筍を生産するために、孟宗竹の藪を手間隙かけて育てていたのだが、どうして放棄されるようになったのだろうか。全国的に進んでいる、里山や森の竹林化の原因を探ればおのずと判ってくる。筍を掘るのはなによりも重労働である。さらに商品価値の高い筍を生産するためには、肥料に金が掛かり、藪養生に時間をかけなければならない。そのうえ筍掘りは熟練を要する作業であり、消費者には朝掘り筍が好まれるから、早朝の作業であることなどが挙げられる。それに筍生産農家の高齢化もある。稲作でさえ後継者難なのに、筍とくると後継者になる若者は皆無といってよい。なによりも安価な輸入筍が手に入るようになり、筍農家のさまざまな苦労が報われなくなったからである。

地震が揺ったら竹藪に逃げ込めと、私も教えられて育って来た。それは竹は地下茎を張り巡らしているから、地割れがしたり、斜面が崩れ落ちたりしないというからだった。たしかにそれはそうらしいのだが、竹の花が咲いたりして竹が弱り、いったん竹藪の崩壊がはじまると、斜面であれば全体が崩れてしまう可能性もあるらしい。

畝傍山にも孟宗竹が入りはじめている。いまのところ地元のボランティア活動家たちが竹の伐採をしているというが、高齢者が中心であり、竹の繁殖力を止めることが出来ないのが現状だという。

付近を歩いて見る限り、天の香具山への孟宗竹の侵入はなんら防ぐ手立てがとられていないようである。「天の香具山」は歌枕としても貴重な山である。手を拱《こまね》いて見ていると、十年も待たずして「天の香具山」は「天の竹藪」になってしまいそうだ。

季語を死語とさせない

芭蕉の句に、〈降ずとも竹植る日は蓑と笠〉というのがある。この句に対して、門弟の魯町は季《き》の詞《ことば》は何かと尋ねている。そこのところは『去来抄』に、「魯町曰、竹植る日は古来より季にや。去来曰、不覚悟。先師の句にて初て見侍る。古来の季ならずとも、季に然るべき物あらば、撰び用ゆべし。先師、季節の一ツも探し出したらんは後世によき賜と也」と出ている。芭蕉が季の詞として定着させたこの「竹植る日《たけううひ》」というのは、現在の歳時記、例えば、『角川俳句大歳時記』「夏」では「竹植う《たけう》」という見出し季語で出ている。そして、傍題季語として、「竹移す《たけうつ》」「竹酔日《ちくすいじつ》」「竹養日《ちくようじつ》」「竹植うる日《たけうひ》」などが並んでいる。

此君を此日にうゝる習ひかな　　松瀬青々

という句があるが、平安時代に竹のことを「この君」と呼んでいた事が『枕草子』(日本古典文学大系本、百三十七段)に出ていて、「種ゑ《う》てこの君と称す」と口ずさんでいたことが描かれている。青々はこのことが念頭にあって作句したのである。

「竹植う」という季語はこうして生まれ、作句されて今に伝わってきており、

竹植ゑてそれは綺麗に歩いて行く　飯島晴子
竹植ゑて一蝶すぐに絡みけり　大峯あきら
朱雀くる日のために竹植ゑにけり　大石悦子

と詠まれている。

私の結社には今も山田を耕して生活している人々がいるから、秋になってくると猪や鹿の悪さに困って仕掛けている「焼帛《やきしめ》」の句を投句してくる人が何人かいるし、私が吟行に入る地でもそれを見ることがある。この「焼帛」、江戸期の歳時記『滑稽雑談』にも出ているが、『図説俳句大歳時記』(角川書店)以降の大きな歳時記、例えば講談社刊の『カラー図説日本大歳時記』および『新日本カラー大歳時記』では、「案山子」の傍題季語として出されているのみで、解説がなされていない。『広辞苑』にも出ていない言葉だから、「焼帛」とはどんなものか、忘れられてゆく運命の季語だったのである。幸いなことに『角川俳句大歳時記』「秋」の例句に、

焼帛や風のまにまに露しろき　松瀬青々
焼帛に焼酎吹いてゆきにけり　茨木和生

という二句を寄せていたからか、同書の「焼帛」の季語解説が私に回ってきた。季語「焼帛」はこうして「死語」となることから免れたのである。

最近、私の句に関わっての発言ではないが、「薬喰《くすりぐい》」という季語は、「今は肉なんて年中食べるんだから、もう薬喰は死語です」というのがあった。肉屋はもちろんスーパーも近くにないところに棲んで山仕事をし、農耕している人のいる私の結社では「薬喰」はいきいきとした季語である。私も「薬喰」の句をよく詠むのは「験《げん》のこと」と思ってである。

先人が生み出し、定着させてきた季の詞、季語は言葉の文化遺産だから、それを「死語」だといって抹殺してしまう権利はだれにもない、といえる。私は「死語」といわれる季語を守りたいと思っている。

忌日俳句を詠む

「きにち」ともいい、「きじつ」ともいう忌日は、ある人の死んだ日のことで、毎年その日に回向《えこう》をする命日のことである。そして、ある人の命日に思いを馳せて詠んだ句が忌日俳句である。芭蕉が『笈の小文』の中で、

西行の和歌における、宗祇の連歌における、雪舟の絵における、利休の茶における其の貫道するものは一なり。

と述べているとおり、芭蕉にとって西行、宗祇、雪舟、利休は尊敬する古人であった。芭蕉にはこれら四人の忌日に詠んだ句はないが、西行忌、宗祇忌、利休忌は現在、季語として立項されて、多くの例句が歳時記に掲載されている。断っておくが、この文章を書くにあたって、私は五巻本の『角川俳句大歳時記』を用いている。

忌日俳句は、元禄期の俳人によっても、例えば達磨忌の句が詠まれている。

達 磨 忌 や 壁 に む か ひ し 揚 豆 腐　　言 水

達磨忌や浮世の塵を琥珀数珠　才麿
達磨忌や自剃にさぐる水鏡　其角

これらの句には達磨忌のほかに季の詞《きことば》がなく、「達磨忌」を季の詞としていたことが分かる。芭蕉忌は江戸期の歳時記『俳諧小筌』『俳諧歳時記』『季引席用集』『季寄新題集』に出ているから、俳人の忌日季語としては一番古いものである。

芭蕉会と申し初めけり像の前　史邦
はせを忌の古則や茶食《ちやめし》茶の羽織　素丸
障子まで来る蠅もあり翁の日　暁台

芭蕉忌はもちろん、すでに芭蕉会、翁の日としても詠まれている。現在の歳時記も「芭蕉忌」は見出し季語であるが、補助季語として、「時雨忌」「桃青忌」「翁忌」「翁の日」「芭蕉会」があげられている。芭蕉会の例句は史邦のみであり、おそらく芭蕉の忌日に芭蕉像の前に集まったので、その会を芭蕉会と言ったことから、季の詞となったのだろう。いまは芭蕉会と呼称している所はない。

芭蕉忌を季語として詠もうとするとき、この季語の現場に出かけて見てはどうだろうか。その一つは毎年十月十二日に伊賀市で行われる芭蕉祭である。朝八時過ぎから故郷塚の前で営まれる墓前祭に額衝《ぬかづ》くだけでも芭蕉忌の句を詠む思いが高まってくる。そして、俳聖殿の前で営まれる芭蕉祭に出、表彰式や後の当日句会にも出たならば、机上で考えているよりも新鮮な句を授かり、その地での体験が今後の芭蕉忌の作品に繋がること必至である。

翁忌の母郷いづくも山に尽く　宮田正和

翁忌の伊賀の濃き霧とくと見よ　茨木和生

宮田正和さんは伊賀に生まれ、現在も伊賀の地に暮らす人だから日常の気息で翁忌の句を詠んでいる。

しぐれ忌の畑片付けて火を焚けり　宮田正和

この句など暮らしと結びついた例と言ってよい。

私の「翁忌」の句は、芭蕉祭に出るために宿泊した伊賀の夜明けに詠んだ句である。現場に出かけて詠む、そのことが体験の蓄積に繋がり、今後芭蕉忌となると、その当時の体験を思い遣って句を詠むと、見飽きることのない忌日俳句を詠むことができるに違いない。

芭蕉終焉の地、大阪南御堂で営まれる芭蕉忌法要とそれに続く芭蕉忌句会に参加するのも薦めたい。境内には芭蕉の「旅に病んで」の句碑もあり、このあたりで芭蕉が亡くなったのだと思うと、思いも一入《ひとしお》である。

金色の御堂に芭蕉忌を修す　山口誓子
翁忌に行かむ晴れてもしぐれても　阿波野青畝

この芭蕉忌句会の選者だった二人は、現場で詠む見本とばかりに多くの芭蕉の忌日俳句を詠んでおり、この二句は句碑となって、芭蕉句碑と離れず建てられている。

芭蕉忌がそうであったように、子規忌にも補助季語として「糸瓜忌」「獺祭忌」がある。芭蕉の時雨忌の「時雨」、子規の糸瓜忌の「糸瓜」は季語として使うものだから、それ自体季感を持っているので重宝な忌日季語と言ってよい。関西に住む私でも、東京・根岸の子規庵を訪れたのは季節を替えて三度あるから、ここを訪れた多くの俳人は子規忌、糸瓜忌の句を詠む素地を持っている。

健啖の吾ならなくに獺祭忌　相生垣瓜人
健啖のせつなき子規の忌なりけり　岸本尚毅
子規忌なり低く決まりし変化球　遠山陽子
糸瓜忌や虚子に聞きたる子規のこと　深見けん二
父も又早世の人獺祭忌　稲畑廣太郎
たまさかに歌をつくりぬ獺祭忌　加藤三七子

健啖家だった子規を思い遣って詠むのもよい。野球好きだった子規を思い遣って詠むのもよい。自らの体験をもとに詠むのもよい。

柿くふて奈良に故人をしのびけり　松瀬青々
新甘藷を供ふもつとも子規忌らし　右城暮石
毎年の暑さよ西の子規の忌は　茨木和生

有名な「柿食へば」の子規句碑が建てられて以来、法隆寺では、子規忌に近い日曜日に子規忌法要と句会を行ってもう百年になる。子規の横顔の写真を掲げ、お供えには地元の俳人が育てた大きな糸瓜や掘りたてのあかあかとした新甘藷が飾られている。冷房施設のない法隆寺の茶所での句会だが、こんな現場での体験も忌日俳句を作る底力を着けることになる。

＊

『角川俳句大歳時記』では、俳人の忌日が季語として登載されているのは、春に十一人、夏に二十人、秋に三十二人、冬に十九人、新年に四人である。この中で例句のない俳人が十一人いる。これはこれらの俳人の忌日に詠まれた句がないか、佳句がないかのいずれかだろう。これらの忌日季語のみならず、例句の少ない忌日季語は季節感が希薄というよりも季感がないといってよい。季感を伴った忌日季語といえるのは、時雨忌、糸瓜忌以外では「桜桃忌」「河童忌」「惜春忌」（虚子忌の補助季語）くらいであろうか。

妊りて眠たき妻や桜桃忌　細谷喨々
河童忌の声の切なき明烏　林　徹
いつよりか朝湯を好み惜春忌　本井　英

これらの句は安易な忌日季語の使い方でなく、実体験をもとに詠まれていて、存在感がある。私は師である右城暮石や、師系につながる松瀬青々の忌日俳句を詠むとき、忌日季語だけで詠んだり、他の季語と併用して詠んでいる。

暮石の忌きつねのかみそりが咲けば　茨木和生
火を含むごとき雲来て青々忌　同

他の季語と併用して詠んだ忌日俳句を単純に季重なりと非難しないというように私はしている。

読んで楽しむ辞典

――夏井いつき著『絶滅寸前季語辞典』――

二〇〇一年八月に出版された、夏井いつき著『絶滅寸前季語辞典』が、文庫本の形で筑摩書房から出版された。著者自身が初版の「まえがき」で、「この本を読んでも役に立たないことにかけては、右に出るものはないかもしれない」と謙遜して語っているが、季語に関する書きものなど、読み手にその気がなければ、役に立つものがないのなど当たり前のことなのである。このまえがき、読み進むと「読めば笑っていただけるシロモノに仕上がっていれば、著者としてこんなに幸せなことはない」とも書いている通り、莞爾してふむふむと頷いてしまう季語に出合ったりする楽しさがあるから、次から次へと読み継いでゆきたい思いにかられて、読んでは今日はこれまでにしておかないと、これからの楽しみがなくなってしまうと思って、机辺の他の本と重ねておくことになる。

ところがこれからは持ち歩き可能な文庫本ということになるので、例えば電車の内でも読むことができるから、春、夏、秋、冬その季節季節に持ち出しては、この旬のどんな季語が、「絶滅寸前」になっているのかと思って読む楽しさが増えることになる。例えば、初詣に出かける前に、「新年」の部にある季語を覗いてみると、目次のはじめの方にある「御降」ってなんと読むのだろうかと目が行く。「おさがり」とある読み方にひかれてページを繰ると、なるほどと感心するに決まっている。何なのだろうと、知りたくなるような季語が、「読んでよ、読んでよ」と、目次を見ただけで待っているのが分かる。知らないことを知っていく喜びを感じるこの一冊の本、多くの人々に読まれることを、わたしはだれよりも期待している一人である。

古来、日本の詩歌の眉目は「雪・月・花」であったが、俳句でも「雪・月・花」という季題は、伝統を負った竪題《たてだい》の季《き》の詞《ことば》として重んじられてきた。この季題に揺るぎはないのであるが、天空にある「月」は別にして、これから後の世のことを考えると、不吉なことだが、「雪」「花」が、詞ではなく、ものとして存在しなくなるのではないかと思ったりもする。「雪」「花」までもが、『絶滅寸前季語辞典』に登載されかねない不安に私は襲われている。

地球温暖化がこのまま進むと、歌や句に詠まれてきた、奈良や京都での雪は見られなくなるのでは、という危惧を抱いている。六十年前、わたしの小学生時代だったが、平城京の九条大路の西に住んでいたころは、舗装されていなかった県道はびしびしに凍てつき、一度降った雪はなかなか解けず、家々の屋根からは氷柱が垂れ下がっていた。家々に暖房が行き渡ったこともあるだろうし、奈良盆地では、氷柱はまったくといってよいほど見なくなってしまった。この十年、奈良県に住むことになったが、雪の降ることは、六十年前とは比べ物にならないほど少なくなった。

「花」といえば桜であるが、その桜は日本の国の花とされている山桜である。そして、詩歌に詠まれてきた山桜は吉野山のものであった。古くから和歌に詠まれ、俳句に詠まれてきた吉野山の山桜が、いまのうちに、なんとか手を打たなければ、ゆくゆくは枯死《こし》してしまうのではないかと危ぶまれている。下の千本、中の千本、上の千本、奥の千本と半月ほどかけて吉野山を咲きのぼってゆく約三万本の山桜は、歌を詠み、句を詠む人の目をはじめ、多くの観光客の目を楽しませてきた。しかし、このところナラタケ菌に犯され、樹齢三、四十年の若木の樹勢の衰えが目立ってきている。これまでも吉野山の桜は、地元の人々の手で守り、育まれてきたが、これからはもっと多くの人々の手助けを必要とする時代に入ってきている。こんな大きな存在の季題「花」であれば、急いで「絶滅寸前季語」と指定する必要はないだろうが、座視しておればどうなることかという不安はある。いま吉野の桜を守ろうという声が俳人の間にも起こっているのは、季題そのものである「花」を、「山桜」を守ろうということなのである。

わたしはどちらかというと、真面目型の親父《おやじ》であるから、かつて『絶滅寸前季語辞典』の恵投を受けたとき、「なるほどこの季語は絶滅寸前じゃ」と思って読んでいき、著者の夏井いつきさんが幼時からの体験を思い起こして書いている季語の数々に共感してきた。「春」の季語で言えば「油まじ」、海のない奈良県に育ったわたしなどのひきつけられる季語である。読んでみると、歳時記に準じてかいつまんで書かれた解説のあとの、体験をもとにしたエッセイ風の読み物が小話のようでなんとも面白い。そして、最後におかれた夏井いつきさんの俳句が面白い。

愛人のひとりに会ひぬ油南風　　夏井いつき

この俳句、面白いと思っていると、ここから小話風の物語を書いてみたい思いにもなる。が、「油まじ」という風が、これからは吹かなくなるわけではあるまい。「油まじ」を「絶滅寸前季語」だとあげているのは、暮らしに結びついた、暮らしからでてきた豊かな言葉が、地方の暮らしの場でも今後は使われなくなり、使われなければ当然季語として見向きもされなくなっていく危険性がある、と夏井さんは訴えるのである。続いて出てくる季語、「磯遊」の体験もいきいきとした文章である。読み手は、同じ体験をしていたのなら、あるいは見聞していたのなら、一句を作って、あるいは短い文章を書いて、「絶滅寸前季語保存委員会」に送るという手もある。こんな委員会の存在について書いているのが、しばらく読み進んだところにある季語、「貝合」の項目にある。その目的は「次代の歳時記では間違いなく削除されるであろう季語保存のための作句活動であり」、そのスローガンとは「死にかけている季語を詠んで、次代の歳時記に自分の一句を載せてもらおうというのである」と書く。そうすれば、大きな歳時記から抹殺された季語、「貝合」が復活しないとも限らないという。たしかにその通りだと思って、「貝合」の句をわたしも詠んだことがある。優雅な遊びだっただけに、遊びそのものも復活させたい思いにもなってくる。「百人一首」の大会などスポーツといってよいほどで、「着ている美しい和服が泣くよ」といいたくなるような光景がテレビに映し出されるが、この「貝合」など、全国大会でも開いたら、華やかな絵巻のような会になるのではないかと夢が膨らむ。「百人一首」の大会よりも絵になるだけに話題を呼ぶのでは、と思ったりもする。『絶滅寸前季語辞典』は、こんな夢も膨らませてくれる読み物でもある。

「新年」「春」の章からいくつかの季語を取り上げてわたしの思いを書いてみたが、それは「夏」「秋」

「冬」の季語にも通じている。まずはこの本を手に取ったときの季節の季語から読まれることを期待したい。

民俗学からの照射
――小池淳一著『伝承歳時記』――

私は「朝日新聞奈良版」の「朝日大和俳壇」の選を担当しているが、こうした地方版の俳句欄の選者をしている喜びの一つは、農耕季語や狩猟季語を含んだ作品に出合えることである。今年選んだ作品から用例をあげてみよう。

粥占の禰宜豌豆を豊と告ぐ　　米重久芳
暦より良き日選びて種浸し　　杉本節子

正月十五日に行われることの多い「粥占《かゆうら》」は、五穀をはじめとする農作物の豊凶を占う神事である。これは一つの集落を対象にしているが、一人が年の始に山に入り、鳥を射てその腹を割き、穀物が胃袋にあるか、ないかによって我が田の稲作の豊凶を占ったという「鳥占」の話を聞いたのは遠い昔のこととなった。

「種浸《たねひた》し」は春の季語である。今も暦を見て吉日を選び、種籾を浸す暮らしのあることを思うと、今年も幾枚かの苗代田の水口が祀られているのを見たのもなるほどと頷く。

罠にゐる猪怒らせて登校す　　新子満州男

猪罠《いのししわな》を掛けるのは狩猟目的だけでなく、山田の稲を猪から守る目的もある。

猪防ぐ手立て尽くせし稲を干す　　茨木和生

猪を防ぐ手立てとは、田の周りに猪垣《ししがき》を巡らし、鳴子《なるこ》を掛け渡し、添水《そうず》を仕掛け、焼帛《やきしめ》を吊ったり、燃やしていることとである。「猪垣」「鳴子」「添水」「焼帛」は、稲作と関わる秋の季語である。この田の持ち主は、「猪や鹿は敵やよ」と、冬の猟期には仲間と共に狩《かり》をしている。

この文章を新聞の地方版の作品の紹介からはじめたのは、小池淳一著の『伝承歳時記』（飯塚書店）に惹かれていたからである。標題に『歳時記』とついているが、「本書は、よく行われる現代の歳時記のように専門の知識を時系列、季節の進行に即して羅列するものではなく、季語の民俗性を浮きあがらせる試みである。それは季語から照射して鑑賞の更新を絶えず図ることにもつながるだろう」と書く。序章の「季語以前」の各項目の興味は尽きないが、この文章は「季語の民俗性――本書の目的」からの引用である。

本文は春夏秋冬の章に分かたれ、秋の三題を除いて、各章四題で構成されている。田打《たう》ち桜《ざくら》が咲き、苗代茱萸《なわしろぐみ》が赤く色づいて時は経ち、この文章を書いている今、猪垣を巡らせた大和の山田でも田植《たうえ》がはじまっている。こんな時期だから、夏の章に収められている、「田植の風景」と「田の神と唄と」

の文章におのずと目が進んでいく。それぞれの文章の最後には五句の例句が掲げられているが、それは、各文章を読んだ後に、「新たな解釈や異なる鑑賞が生まれることを期待して」である。今、そこに踏み込んで、著者の期待に応えられないのは申し訳ない。

「田植の風景」は、機械化以前の田植風景が、田は単なる労働の場だけでなく、祭の場であり、祈りの場であったことが描かれている。そして、その田植に欠かすことのできなかったものとして、田唄の存在をあげていく。中国地方に多く残っている『田植草紙』の歌詞を紹介していくが、心昂りを抑えることができない。

次の章「田の神と唄と」の中の、年の暮に田唄を歌わせまい、録音させまいとする、九十歳近い老人の動作と「田唄は半夏以後は決して歌うべきものではない。殊に師走田は夢に見てさえ悪いと云っているのに（略）。さんばい様（田の神――注、茨木）に申しわけがない（以下略）」という言葉に身が震える。

古き代の声のさざなみ田植歌　　林　翔

この章末に置かれた例句だが、この章を読んでの鑑賞は深まった。

序章の最後の、「庶民生活を文学に昇華させてきた俳諧や俳句と、庶民生活の過去を探ることが未来を考えるために重要だと主張してきた民俗学とがもう一度手をつなぐことがあってもよいのではないだろうか」という著者の提起を、俳人の一人として私は真摯に受けとめたい。

古季語の豊かさ ―宇多喜代子著『古季語と遊ぶ』―

古い季語・珍しい季語の実作体験記というう言葉にリードされた宇多喜代子著『古季語と遊ぶ』（角川選書）が出版された。角川書店刊「俳句」の平成十五年一月号から同十七年十二月号まで連載された「古季語と遊ぶ」という稿に大幅な加筆訂正がなされ、新たに季節別に構成されたものである。「時の流れで消えていった、季節を表す暮らしの言葉。そうした古季語に光を当てて俳句に詠み込み、現代によみがえらせる。第一線で活躍する俳人たちが試みる、古くて新しい季語との取り組み。俳句実作の手引書」と帯文がある。このとおり、実作者として読めば、作句の幅ができ、作品の向上に繋がると思う。実作をしない人も、読み物として読むだけで、著者のたしかな体験に基づいたあたたかな文章に引き込まれてゆき、なつかしさだけでなく、これらを受け継ぎ、語り継いでおきたいものだという思いになってくる、不思議な力のある一本である。

新年の古季語からはじまって、春、夏、秋、冬の古季語までの五つの章で構成されている。それぞれ紹介されている季語の数は新年が十三、春が三十七、夏が五十三、秋が五十二、冬が三十七と合計百九十二季語である。平成三年一月に故後藤綾子さんの家ではじまった「あ句会」はそれ以来、欠かすことなく続けられてきて、平成十九年七月で百九十二回、そこで出題採用された季語の数は約千八百題というから、その一割強の季語がこの本で紹介されている。
本著には、「あ句会のこと」「古季語・難解季語のこと」「現物持込みのこと」という解説があるから、「あ句会」とその作句現場の風景はこれに譲るとして、紹介されている古季語について、新年の古季語だけだが見ていきたい。

縄尺をあてたてまつり氷様　西村和子
氷様とて三宝に盛られけり　辻田克巳
氷様去年にまさる厚氷　宇多喜代子

「氷様」は「ひのためし」と読む。氷の厚薄によって稲作の豊凶を占ったことをいう。稲作の豊凶を占う素朴な行事は多いが、これもそのひとつである。

ひめ始米のとぼしき山国の　茨木和生
母刀自の差配したまふひめ始　大石悦子

「ひめ始」は「ひめ飯の食べ始めの日」として出題されたもの。

鍬始吉言を口に出さずとも　岩城久治
ほどもなく母来るといひ鍬始　山本洋子

「鍬始」は現代も行われているが、「このたび、我が家の鍬頭となりました」という言葉と共に、そんな具体例も宇多さんは紹介している。因みにここに引用した例句の七人が「あ句会」のメンバーである。

藁盒子火廻要慎の札の古り　辻田克巳

「藁盒子」は「正月さんを飾っている」という、三重県の山中の家にまでメンバーが出かけて行って見た。「あ句会」の呼びかけ人だった後藤綾子さんの句は、

餅間やぐんぐん伸びる遊爪　後藤綾子

「餅間」は「もちあい」。小正月の餅を搗くまでの間のこと。

阿弥陀堂前に飯笊干してある　山本洋子
乾飯を噛みくだきゐる音愉し　岩城久治
鴈爪をして遊ぶ指なかりしよ　大石悦子

「飯笊」「乾飯」「鴈爪」は夏の季語、宇多さんの自宅を句会の場としていたときの、宇多さんの持ち込みのもの。一読を薦めたい一書である。

繋がる交わり

鰹だんねん——宇多喜代子さんのこと——

「まぁ、みんなも忙しいわねぇ」といいながら、気が置けないあ句会の仲間には、「このごろ、わては鰹《かつお》だんねん」と、宇多喜代子さんがふざけながら話していたのをいくたびか聞いている。決まって「宇多さん、そんなに忙しくて大丈夫」という声が出た後であり、この宇多さんの言葉が出て、ぱっとその場が明るくなって、その後話が弾んでいった。鰹の生態についてはよくは知らないが、夜も眠らないでひたすら泳ぎ続けているらしい。動き続けることを止めたら、鰹の命は亡くなってしまうらしい。とにかく動きづめの一生らしい。

鰹だんねんといいながら、仲間の語りかける話にも応えながら、宇多さんの手はよく動いていた。「帰り道、そこの商店街で、若牛蒡のいいのが出ていたからねぇ」と油いためをして、「ごま油をすこし落とすのがコツよ」と、手際よく調理している。「アンさんがたも、これ、覚えとくとええわよ」と言われて、私などごま油の使い方を覚えたものである。

その一方で、「和生さんはマカロニサラダに目がないんだからね」と、マカロニを茹でている。マカロニサラダに入れる胡瓜も、玉ねぎも、人参もあっという間に刻まれ、塩揉みされて笊に上げられている。私は持ち込んできた鰹を三枚におろして刺身にしているが、「粗炊きするから」と、粗を入れた鉢を私から受け取った宇多さんは、「酒をたっぷり入れて」と、落し蓋をして鰹の粗炊きを作っている。とにかく三十分ほどの間に、あ句会のメンバー、それこそ「食べ盛り」の私や岩城久治さん、西村和子、大石悦子、山本洋子、辻田克巳さんの胃袋を満足させるだけの料理を宇多さんはさっさとこなすのである。皿に、鉢に、盛られてテーブルの上に並べられたその見事さ。

あ句会が宇多さんの家で行われるようになったのは後藤綾子さんが亡くなってからである。夕方五時半ごろに集まって、こんな宇多さんの手料理をいただきながら、古季語、難季語で作句する句会であったが、料理の素材や料理そのものがその日の季題として出されることもあった。料理の品数は毎回六、七品を越えていたと思い出すが、それは品数であって、素材そのものを数えれば十四、五品にもなっていたに違いない。当然洗い物の数も多くなる。ぎりぎりの時間まで座を楽しんでいるのだから、遠方の私や岩城さん、辻田さんが家に帰り着くのは午前零時を回っていた。宇多さんの家から近かった西村和子さんや山本洋子さんが、ときには車で来ていた大石悦子さんも残って宇多さんと一緒に洗い物をしていた。

西村和子さんは、「茨木さんはまめなんだから」といって、「宇多さんの帰りが少し遅れていると、表や庭に打ち水をしているの」と話すことがあったが、私が打ち水をしていたのは、宇多さんは季題とともに暮らすことを心がけているように思っていたからである。宇多さんの家の夏は、客間の一部屋に簟《たかむしろ》が延べられ、葭障子《よししょうじ》が入っていた。そんな部屋の庭に面した硝子戸を開けると、簾《すだれ》越しに入ってくる風に打ち水の香が乗ってくるのを期待してであった。掛香《かけこう》の匂いも、ときには焚いていた蒼朮《そうじゅつ》の匂いも懐かしく思い出すが、こんな部屋でのあ句会の時間は格別に早く過ぎていった。

あ句会がはじまったのは、作家の中上健次さんが主催していた熊野大学の集まりに参加していた後藤綾子さんの、「わての家で少人数の句会をはじめよや」という呼びかけでだった。平成三年の一月のことだ。

熊野大学では、健次さんもいとこの「運河」同人だった松根のオジも飲むことが好きだった。日ごろは「オジよ」、「健次よ」と、お神酒徳利の二人だったが、荒れると始末に負えないことがあった。ある日、熊野山中の温泉宿でだったが、松根のオジと健次さんが、「お前ら知るかい」と取っ組み合いの喧嘩を始めた。

ぶんなぐりの喧嘩を始めようとする二人に、宇多さんは健次さんを押さえ、私は松根さんを羽交い絞めにして引き離した。松根のオジは私の言うことを聞いてくれるほうだったし、健次さんは宇多さんを年上の俳人として尊敬もしていたから、二人が中に入って止めると、そんなに大事にならないで、翌朝には、「おい、健次よ」、「なんない、オジよ」と仲直りをしていた。しかし、宇多さんの脚には大きな青あざができていた。健次さんの仕業である。

私たちが定宿にしていたのは、新宮駅前の植重というビジネスホテルだったが、熊野大学の終わった翌朝はこのホテルの喫茶室で語り足りなかったことなどをわいわいというのが常だった。なんのことからか、健次さんの分の悪い話になってゆき、逃げ場のなくなった健次さんが宇多さんを殴ったことがあった。そのとき、私もびっくりしたのだが、宇多さんはすかさず健次さんの頬に平手打ちを食らわした。あっという間のことだったが、その後健次さんはおとなしくなってしまった。

何ヶ月かの後、「あのとき健次の腎臓癌、進んだったんやねぇ」と松根のオジはつぶやいた。

仏見舞

いま私は松根久雄さんの遺句集『路地霊歌』を書棚から取り出してきて、「そうやよねぇ、そうやったねぇ」と一句一句に声を返しながら読みはじめている。読み出して間もなく、

水槽に九絵ゆつたりと年詰まる　松根久雄

という句に目がとまった。

中上健次さんがオジよ、といえば、オウよとこたえてご機嫌だった松根久雄さんは、健次が死んだのが一等つらいと、会えばその年は号泣を重ねていた。しかし、つらいから句を作ってよ、健次の魂を鎮めるんよと、私は語りかけてもいた。そんな中での一句だが、「かずさん、元気かよ。今年の年の暮はつらいのォ。明日、新宮へ来いよ」と電話があり、断りでもして乱気流を起こされたら大変だと、「おうよ。明日の朝九時、京都からのオーシャンアローで行くよ」と電話を切った。風伝峠《ふうでんとうげ》の気流の変わりやすいことから、誰言うとなく松根さんのことを風伝峠の乱気流と呼んでいた。

新宮の駅に出迎えてくれた松根さんはにこやかだった。そしてこれまでがそうであったように、熊野の魚に目のない私に、「なんぞうまいもん食いにいくか」といいながら、駅前近くの信号を左に折

れて、「徳川」に向かった。店の入口の右側に大きな水槽があった。松根さんは魚にはあまり関心がないのだが、店に入らずに水槽の前に立って、光を避けようとして水槽の前に手を広げ、水槽の中を覗き込んでいた。私が徳川を知ったのは三十年ほど前だろうか、水槽はその頃からあったように思っている。そしてそこには、いつも九絵《くえ》が泳ぐでもなく、沈むでもなく、じっとしていたように思っていた。この日はもう数え日《かぞえび》に入っているのに、やわらかな熊野の日差しに眠っているかのように、水槽の中ほどに九絵は止まっていた。金輪際口を開けないぞとばかりに歯を食いしばって、厚い唇を閉じているようだった。ほかには水槽の厚いガラスに、これまでずっとそうだったというように、栄螺《さざえ》が朱色に近い色の身の全面をくっつけていた。

「一週間ほど前によ。東京の連れと一緒に来たときのォ、九絵は三匹いたと思うけど、一番大きな一匹がないねぇ」

と言いながら、

「今日は九絵あるかもしれんよ。胃袋や肝の煮付けは、魚にあまり手を出さん俺もうまいと思った」

と、かなり前にこの徳川で食べたことを松根さんは思い出していた。ここに触れよという自動ドアにぽんと指を当てて戸を開くと、私を中に入れてから松根さんは入ってきた。

「ダイちゃんよ。今日は茹でもんやなしによ、九絵一匹つぶしたぁるやろ。胃袋や肝、心臓の煮付けたもんあるかい」と、徳川の主人に言い、それがすぐに目の前に出てくると思って、「瓶ビールやよ」と注文している。

「松根さん、よう見てたんやねぇ」と感心して私が言葉を返すと、ダイちゃんも、「よう見てやるんやねぇ。三日前によ、十五人ほど寄るから、九絵鍋やってほしいというお客さんあってよ、二十四キロのを一匹つぶしたんやわ」と言う。話が終わらないうちに、小鉢に入れた九絵の内臓《うちもん》の煮付けが出てくる。「刺身もしたってよ。俺の分と二人前、かずさんの皿に盛り付けたってよ」と言って、ビールを追加した。

「健次はこの水槽の九絵、よう見やったたねぇ。トモノオジのこと、『朝日ジャーナル』に連載してたときやねぇ。九絵に声掛けてるみたいなときもあったかな」と、水槽の九絵に目を送って、松根さんはそのときが懐かしいと思い出すように、ゆっくりと紡《つむ》ぐようにして言葉を出してゆく。

「おれも、健次さんが『軽蔑』を書いてた時やけど、九絵を見ながらダイちゃんに、この九絵、何も食わんのかと質問をして、ダイちゃんが水槽に入れてひと月ぐらいは何も食わんねぇ、よっぽど腹減ってきやったらよ、夜中に食べたぁるみたい、と返していたのを聞いて、根性あるのォと健次さんが言葉を吐いたのを聞いたことがあったねぇ」と返した。

その日、徳川を出たのはすっかり暗くなってからだった。新宮の空気も正月前らしく冷たくなっていた。「ミッチィとこへ歌いにいくか」と、駅前からタクシーに乗り、ミッチィとこ、と松根さんが言えば、運転手は分かっていると言わんばかりに「大王地《だいおうぢ》やね」と、車を動かせた。松根さんが決まって歌うのは「雪列車」だったし、私は健次さんがそう振り付けて歌っていたと思う「兄弟船」を立って歌った。

＊

松根久雄さんが亡くなったのは、平成十年の十二月七日である。この年の「運河」一月号を見ると、深耕集同人だった久雄さんは、

返り花暮石の遺句に「がんばれよ」　松根久雄

という句を発表している。「暮石の遺句」というのは、〈放流の稚鮎元気に頑張れよ〉という句である。暮石が亡くなったのは、平成七年八月九日のことだが、この句は、その年の十一月号「運河」の暮石先生追悼号に出ている。暮石の「運河俳句会葬」は暮石がこの上なく好きだった、ふるさとの土佐に最もよく似通っている東吉野村の天好園で行った。

健次さんの亡くなったあと、松根さんはお母さんの死を、妹さんの死を、弟さんの死を見送って、「つらいよ」と泣くこともできずに、師の暮石の死を迎えたのである。天好園での葬儀に出てきた久雄さんは、懐かしい地に戻って来たとばかりに、「ここで世界の作家を呼んでシンポジウムを開きたいねぇ」と健次がいうた日もあったなぁなどと思い出していた。健次さんが東吉野村の天好園に来たのは二回だった。「人口の過疎は防ぐことはできないが、この村を文化の過疎地にしたくない」という村長のことばを受けて、「志の高い村」と健次さんが村長を称えたのも、松根さんと一緒のときだった。あと一回は、朝日新聞に連載していた『軽蔑』の打ち上げを、天好園で松茸をふんだんに食べながらやろうという会だった。あ句会のメンバーとの句会もあり、健次さんも選句した。

松根さんは大腸癌になって手術をし、転移した食道癌の手術もして、それでも作句意欲は旺盛だった。暮石の句を見ていると元気を貰うといい、このごろは夢をよく見るといって、「かずさんよ、おまえの夢を夕べ見たわよ。おまえは力が強いのォ」といって電話をかけて来たのは、この年の正月だった。

初夢の和生に「羽交締め」にされ　松根久雄

「あのときはそんなに力入れとるかいな」と返していたが、この羽交い締め、健次さんの亡くなる前の年、都はるみさんの熊野本宮大社の大斎原《おおゆのはら》での奉納公演の前夜の二人の大喧嘩での仲裁のことであった。このとき、宇多喜代子さんは健次さんを部屋から押し出してゆき、とにかく二人を放したときのことである。句集『路地霊歌』を読み継いでいくと、

病めばときめく少年の日の獅子の笛　松根久雄
那智滝に尺八を吹く父ありぬ　同

と、よく夢を見るという久雄さんは、少年に戻っての夢を見、尺八の師範だった父を夢見る日もあったらしい。

＊

松根久雄さんの句集『路地霊歌』を東京の俳句仲間にも送っていた。誰と話していた時だったか思

い出せないのだが、松根さんが「熊野へ九絵食いに来んか」といっていたという俳人がいた。「九絵を食べる会」をしてほしいという。

健次さんも久雄さんもを知っている誰彼を誘って、と思いを巡らせ、徳川の二階には何人入るやろかいと徳川に電話を入れて、三十人近くなら、と聞いて、「九絵あるか」と折りたたむと、「いまないわよ」と戻ってきてため息をつく。「いつあるんなぁ」と返したら、「暮れまで海が一荒れ、二荒れしたら定置網に入るやろから。周参見《すさみ》から尾鷲までの漁協に手を回しておくで、三十人で受けとくわよ」と話は決まった。

新宮駅に午後五時に集合ということにして、翌日は熊野本宮大社にお参りして大斎原を歩き、昼飯は「とがのき茶屋」で猪鍋《ししなべ》を食べ、紀伊田辺駅まで貸切バスで帰る、というコースを組んで、「九絵を食べる会」の参加者を募った。案内を出したほとんどの人から楽しみにしていると返事が届いた。

「三十キロ近いのと、二十キロほどのと、二本の九絵が入ったから」と、徳川から電話が入ったのは、熊野灘沖を発達した低気圧が過ぎたという二日後だった。

その日は新宮でも珍しいという寒さの日で、九絵鍋日和やねぇ、とだれ言うとなく言い合っていた。九絵二匹というより二頭やねぇ、などと語り合っていたとき、

「明日、健次さんと松根さんのお墓参りはコースに入ってるの」

と、誰かが声を上げた。

「わがらだけ、年忘れやとうまいもん食べて、仏さん見舞わんと、仏さん、ひんねしおこしよるよ」

という声もあがって、翌朝早くに酒と缶ビールを提げて二人の墓に参った。

大年の熊野に仏見舞かな　茨木和生

連れ——人間中上健次——

作家中上健次さんに始めて出会ったのは昭和五十三年のことである。場所は奈良県吉野郡下市町《しもいち》の鮎鮨《あゆずし》を専門とする老舗の料理屋「弥助鮨」であった。歌舞伎「義経千本桜・鮨屋の段」で知られた鮨屋である。その場を選んだのは弥助鮨が物語の場であり、私の義母が育った家だったからでもある。それにこの日の健次さんの対談の相手、歌人の前登志夫さんもよく知っている店だったからである。鮎鮨はもちろん、見事な孕み鮎の焼き物が出ていたので、吉野川を落ちはじめた鮎がよく獲れている頃だったに違いない。

健次さんが『岬』で芥川賞を貰う前から、「新宮によ、これから出てきやる、どえらい作家がいるでねぇ」と、松根久雄さんは中上健次さんのことを誇らしげに話していた。そして、「これが第一創作集やよ。読んでみぃ」と、新宮に行けば「うまい魚食うか」と連れてくれた「徳川」で手渡されたのが『十九歳の地図』だった。私が松根さんと知り合い、「ひさおさんよ」「かずさんよ」と呼び交わし、「お前は俺より一回り下の弟分よ」と付き合って十七年は経っていた。

健次さんが芥川賞を受賞してしばらくしてから、久雄さんは「健次と前さんの対談を『運河』でやろうよ。前さんの天狗飛行の術の話したら、健次は乗り気やでねぇ」といまにも前さんと健次さんの対談が始まるかのように、勢いづいていた。前さんへの話は「運河」同人だった森一郎さんに頼み、了解してもらった。森さんは『試験によく出る英単語』『試験によく出る英熟語』、通称『しけ単』『しけ熟』の著者として知られており、前さんとの交流も深かった。

「文学の場としての吉野・熊野」という題を設けての対談のために、楠本青年の運転する車で、久雄さんと健次さんは熊野から吉野にやってきた。二人はお神酒徳利よともいわれていた。「おじよ」「健次よ」と呼び合い、ときには「お前ら、知るかい」と喧嘩もよくした二人だったが、互いにいとこ同士だということをこの時は知らなかった。

五時間以上に渡った対談の後、当時吉野では珍しかったカラオケ店に行き、健次さんは存分に歌った。山本健吉吉野伝授の「おんな港町」を歌った前さんに、健次さんは「前さん、下手やのう」とつぶやいた。

この対談の冒頭、健次さんは「この対談を『短歌』の秋山さんももってきましてね。最初にぼく『運河』の方で約束していましたので、俳句の雑誌のほうが面白いからって、断ったんですよ」と発言しているが、私が秋山さんの名を知ったのはこの時だった。

この対談のテープを掘り起こし原稿にするのに時間がかかったが、起こした原稿に手を入れてもらうのが大変だった。原稿は一つしかない。簡単にコピーのできる時代ではなかった。久雄さんからは、「健次ら、忙しいでねぇ。京都へ連れて行くから、そこで手を入れさせよや」と段取りをつけてくれ、「健次がよ、なんど三日ほど隠れたいらしいんよ。ええとこ用意しとけ」といい、「明日、京都駅に何時に着く」といって電話を切った。

連れならこんだけ言うたら通じるはずというのが久雄さんだった。「健次もお前ら、ええ連れやねぇて、いうしね」と、隠れ家めいた旅館に着いて、一と息入れた健次さんが原稿に手を入れ出したときに座を離れて、久雄さんは「おおきによ」といった。

「ほう、中上さんがもう原稿に筆を入れましたか」と、一枚千字詰めの原稿用紙で七十枚ほどのものを前さんの自宅に持って伺ったとき、前さんは驚いていた。

この対談のあと、そう時が経っていなかったと思い出すが、「オリュウのオバはよ、あじえら、いとこ同士じゃ。健次と俺はいとこ同士じゃというてよ」と、松根さんは電話をしてきたことがあった。それからの久雄さんは「健次がおるからよ」と、健次さんがいることが生きがいだといわんばかりにいきいきとした日を送っていた。ことに、健次さんが「熊野大学準備講座」を起こし、それが発展して「熊野大学」となってからは、二人に濃密な日が続いた。

私が俳誌「運河」の主宰になったとき、健次さんは、その就任祝いを熊野でやるんだと言い、来賓に秋山みのるさんを呼ぶんだと決めていた。総合俳誌「俳句」の編集長だった秋山さんに、その頃私がお世話になっていたことを健次さんもよく知っていた。

あるいは、秋山さんは忘れていたかもしれないが、こまやかな心遣いをしてやまない健次さんは、きっと前さんとの、あの対談のいきさつを忘れていなかったのかも知れない。

思い出せば、「山本健吉先生を偲ぶ会」が東京會舘で行われたときだった。赤々と沈んでゆく大きな夕日を見ていた私に「今日は一人か」と話しかけてきた健次さんは、「みんな飲みやるだけで、この夕日の美しいことをだれも知らないんだなぁ」と、淋しそうな顔をしていた。

飲みなおそうか、といった健次さんは、「人が一人になったとき、ほおっておかないのが連れよ」といって、新宿に連れて行ってくれた。

「連れ」という言葉の好きだった健次さんは、「連れ」となった人間を決して裏切らない人でもあった。

前登志夫さんを悼む

大阪の北に出ればいつも立ち寄る書店に、先月までは置かれていなかったのは確かな、雑誌「文藝別冊」の「中上健次」が書棚に並んでいた。新刊のものだとばかり思って、それを『西鶴全句集』や何冊かの句集の入った買い物籠に入れてレジを通った。もう忘れてしまっていたのだが、それは家のどこかにあるに違いない、中上健次没後十年の永久保存版と銘うった雑誌と同じものだった。出版されてから六年も経っている雑誌だったが、まるで新刊書のように美しかった。

そこには、「中上健次コレクション」と題した対談集があり、収載されているのを見ると、健次さんがお気に入りの六本の対談だと分かった。その中に前登志夫さんとの対談、「文学の場としての吉野・熊野」があった。

この対談の話は、中上健次さんが『岬』で、芥川賞を受賞して間もなくのころから持ち上がった。そのころ、健次さんといとこ同士だとは知らなかった、熊野の俳人、松根久雄さんが、

「健次がよ、前さんとの対談を『運河』でやろうというてるで、実現しようよ。前さんの天狗飛行の話をしたら、健次が乗り気やでねぇ」

と話しかけてきた。前さんの天狗飛行のことは、熊野で飲んでいて私が話したらしかった。前さんの

中学生時代の下宿を引き受けていたわたしの義母の住んでいた家では、「前さん、飛ばさんように注意しいや」というていたことを仄聞《そくぶん》していたからだった。わたしの義母は前さんの五つほど年上だった。

この対談の前さんへの話は、「運河」の同人だった森一郎さんに頼み、前さんから快諾を得たという知らせを折り返しいただいた。森一郎さんは『試験によく出る英単語』などの著者として知られていたが、前さんは森さんを竹馬の友だといっていた。

熊野から車で来るという健次さんのことも考えて、対談の場は吉野・下市の鮎鮨を専門とする老舗の料理屋「弥助」に決めた。歌舞伎「義経千本桜・鮨屋の段」で知られた鮨屋である。この場を選んだ一等の理由は、何よりも弥助は物語の場であり、私の義母が育った家だったからである。それに前さんもよく知っている店だったからである。

子を孕んだ大きな焼き鮎をはじめ、塩出しした若鮎の姿鮨、「うまいのう」という健次さんに追加注文した蒲焼きの鮎鮨も出た。落鮎となると、皮が硬くなるので蒲焼きにする、と聞いたのもその時だった。こんな食事をはさんで対談は六、七時間に及んだだろうか。

この夜、当時吉野では珍しかったビデオ映像のでるカラオケ店に、前さんに誘われて行った。

「こんな店が吉野にあるんですよ」

と前さんは得意げだった。店のありざまが気に入ったという健次さんは存分に歌った。

健次さんのカラオケはプロ並みといってよかった。山本健吉吉野伝授の「おんな港町」だと歌った前さんの音程はゆるやかにはずれていき、浪曲のようになって終わった。蓄音機のぜんまいを巻く仕草をしていた健次さんは、「前さん、下手やのう」とつぶやいた。

十一月二十三日深夜、車で戻ってゆく前さんと別れて、歩いて戻った千石橋の上の星は美しく澄んでいた。

＊

前さんがいて、健次さんがいて、私がいてという場は、いくたびかあった。昭和五十八年五月のことである。

那智滝のひびきをもちて本宮にぬかづくわれや生きむとぞする　前　登志夫

と刻まれた前さんの第一歌碑が、熊野本宮大社に建立されたときである。そのとき私は何用があって熊野にいたのか思い出せないのだが、そのころは、松根さんと健次さんは、オリュウのオバから「あじえら、いとこ同士じゃ」といわれて、二人の繋がりはいっそう濃密なものになっていた。新宮の飲みどころ、大王地《だいおうぢ》の料理屋「司」で飲んでいて、かなり酔いも回っていたと思うのだが、健次さんが「あした、前さんの歌碑のォ」と言い出した。

「そうや、前夜祭もやりやると書いてたから、これから川湯へ行こう」

と言い、タクシーを呼んで、熊野の闇を遡ってゆき、川湯温泉に着いた。前夜祭の終わった賑わいが各部屋に持ち込まれていた。

「おれ、こんなサンダルの恰好でかまんのォ」

と健次さんは訊いてきたが、

「それが熊野の日常の姿やで、ええやろ」

と答えていたと思い出す。

除幕式の日は暑かったが、夕刻から新宮の書店で、出版なって間もなくの小説『地の果て至上の時』のサイン会があるという健次さんに、松根さんは「夜、飲もらよ」といって、私と一緒に駅前のビジネスホテルに行った。

＊

申し訳ないといえば、私と健次さんが誘ったばかりに、前さんにご迷惑をかけ、前さんの奥さんに大変ご心配をかけたことがあった。

平成三年九月二十八日、台風は前夜のうちに近畿地方を通り過ぎて行き、朝から快晴となっていた。「運河名誉主宰右城暮石の長寿を寿ぎ、新主宰茨木和生就任祝賀会」に前さんも健次さんも駆けつけてくれた。前さんの篤い挨拶も健次さんの熱っぽい挨拶もあった会の二次会も盛り上がった。健次さんは東京に戻らないといい、カラオケで俳句の多くのメンバーと熱唱した。前さんも、山本健吉伝授だと、長い講釈付きの「おんな港町」を歌い、座が盛り上がった。

それから北の町に繰り出したのがいけなかった。十四、五人ほどで連れ立って歩いたが、「今日は帰るといって家を出てきましたからねぇ」という前さんを引き止めていたのは健次さんだった。ホテルの部屋は余分に予約してあったので、私もそれに乗って前さんを止めていた。ひとつには、今からタクシーで阿倍野橋駅に出て、そこから下市口駅まで電車に乗り、車を運転して家に戻るのは危険だと思っていたからでもある。

一足早くホテルに戻ったのは前さんだったが、ラーメンを食べようと移動したときには十二時近かった。それでも七、八人はいた。「ゲイのショウ」をやっているクラブに立ち寄ったことは覚えているが、それからの記憶がなかった。

朝飯だと起きたのは九時半を回っていた。前さんはすでに家に向かっているようだった。

「お前ら、ホテルに運ぶのに難儀したわよ」

と、翌朝、松根さんは独りごちるように言葉をこぼした。「和さんも健次もぐでんぐでんでよォ」といい、「つらいわよ」と言葉を吐き捨てた。

朝飯が終わると、ここは熊野だと思い込んでいる健次さんは、

「おじよ、飲みにいこらよ。和さん、知ってるとこに電話せいや」

といい、タクシーを呼べと言って、私はタクシーを呼んだ。早めに開けてもらった店で、昨夜のことを思い出すように話をして飲み、もう新宮に帰るという松根さんと健次さんを送って別れた。

「今、松根さんと健次さんを天王寺に送って別れてきたとこや」

と、家に電話を入れて妻の剣幕に驚いた。

「私はあなたが戻ってこないことは知ってたけれど、前さんをどうしたのよ。何時ごろに会が終わっ

たのですか、と心配そうな声で前さんの奥さんから電話が入り、十二時を過ぎても戻ってこない、谷に車ごと落ちているのではと思うと心配で、と。それ以降も奥さんは一睡もされなかったと、朝にも電話があったんです」

と妻は話し続けた。

「前さんも健次さんも日本の宝みたいな人なのよ。あんた、それ分かってるの」

と畳み込まれて、私は言う術もなかった。

あやまって済むものではなかったが、ひたすらあやまって、反省した。前さんの奥さんにも、前さんにも本当に申し訳ないことをしたと、今でも忘れることができない。この会があって以降、健次さんは集会に出ることはなかった、と聞いた。腎臓が癌に犯されていることが分かったからである。

＊

私が前さんに少しはよいことをしたと思っているのは、東吉野村の前さんの第二歌碑の建立に協力させていただいたことである。この歌碑の除幕式に健次さんはいなかったが、健次さんは、歌碑の建立のことはおおよそ知っていた。というのは、原石鼎旧居の復元移築を前に東吉野村に来た健次さんは、その夜、天好園で熊鍋を食べながら、西口村長と前さんに会っていた。お互いに原石鼎旧居の保存を志の高い仕事と村の事業を褒めていたとき、歌碑の話も出た。

朴の花たかだかと咲くまひるまをみなかみにさびし高見の山は　樹下山人　前　登志夫

という歌の刻まれた大きな歌碑を健次さんが見たのは、健次さんが「朝日新聞」の夕刊に連載していた小説『軽蔑』の脱稿を祝って一杯飲もうという会を天好園で開いたときのことである。

少しはよいことをしたとはいえ、この歌碑のことでも前さんに申し訳ないことをしたと思っているのは、その後、歌碑の東側にガソリンスタンドができたことである。前さんの一等厭うものができたのである。前さんがこのガソリンスタンドのことで心をいためて知人を頼って何かよい方策はないかと考えておられることも知っていたが、無力、私には何もできなかった。

せめて、歌碑の庭に植えた朴の樹が大きく育ってほしいと願うばかりだった。どうやら、その朴の木も花を咲かせるように育ってくれた。

前さんのことをよく知り、前さんもその人の歌人時代のことをよく知っていて、その人が朴の花の歌碑の立つ東吉野村を終の地として移り住んだ。その転居を祝う会に前さんはこんな歌を色紙に認めて送ってこられた。

高見嶺の麓の里に君棲まば朴の花のいし淋しくなけむ　　登志夫

「よかったです。私がこの地に移り住んだことを喜んでもらえて」と、この色紙を藤本安騎生さんは今も大切にしている。藤本安騎生さんは、深吉野に棲むことを誇りに思い、句集『深吉野』によって、第四十三回俳人協会賞を受賞した。

＊

前さんに会えば、「あんたは雷さんの申し子のようだ」と、私はいわれてきた。大きな天空ではない。前さんは、私を吉野と熊野の天空をかける、雷さんの申し子のように思って、なにごとも大目に見て下さっていたのだとありがたく思っている。ご冥福を祈るばかりである。

あとがき

「運河創刊六十周年・七百五十号記念祝賀会」に向けて、ある出版社から『右城暮石百句を読む（仮題）』を刊行する予定をしていたが、この企画がなくなったという連絡を受けたので、急遽エッセイ集『季語を生きる』を邑書林から上梓することになった。相談をしてから五か月余りで出版というあわただしいものだったが、半分ほどメール入稿することで、構成、編集などすべてを邑書林社主の島田牙城君に一任した。一任したといえば体裁はよいが、「すべてを負んぶに抱っこ」という形で上梓してもらうことになった。入稿してからしばらくたって目次を貰って、大変な仕事を頼んでしまったと申し訳ないと思ったが、これでこの記念祝賀会がすこしでも恥ずかしくないものになるとほっとしているのも事実である。

まずこの一本を出すことなど考えてもいなかったので、『続・季語の現場』という、手軽な題名を考えていた。この思いを伝えると、牙城君は「それはいけません。『季語と生きる』では弱い、『季語を生きる』としたらどうですか」と提案してくれたので、「『季語を生きる』がいいねェ」と話して、これをこの一書の表題とした。

これまで書きためていたものを集めて一本としたといえば格好いいが、毎号の「運河」の「平群日録」のあとに書いている「消息」から、雑誌、新聞に書いたものの一覧を作り、それをさらにパソコンのデーターに残しているものとそうでないものに分けて、資料集めにかかった。倉庫の段ボール箱に入れ込んだ雑誌などを取り出し、近くのスーパーでコピーをしたりして整理して、それでも見つけることの出来なかった雑誌については、新宮市在住の木下忠さんに依頼して、新宮市立図書館でコピーをしてもらったりし、とにかく邑書林に送付した。

牙城君は、これらを一枚一枚丁寧に読み、これは捨てる方がよい、これは二つの物を合体して一つにした方がよい、「です、ます」調の文章は「である」調に改めるなどと複雑な作業もして校正稿を届けてくれた。この春にはこんなことになるとは考えてもいなかったので、十月には宿泊を伴う予定が四度も入っていたりして、校正が思うようにできず、十一月に入ってやっと校正を終えることができた。いま、こんな泣き言のようなあとがきを書いているが、とにかくここにまで到ったことは偏に牙城君と邑書林のスタッフの方のお陰だと心から感謝したい。

平成二十七年 文化の日

茨木和生

茨木和生《いばらき かずお》

昭和十四年一月十一日　奈良県大和郡山市生まれ。
昭和二十九年　右城暮石選の「朝日大和俳壇」に投句、作句を開始する。
昭和三十一年　右城暮石主宰「運河」、続いて山口誓子主宰「天狼」に入会。
「運河」編集長を経て、平成三年、「運河」主宰を右城暮石から継承。

平成九年　『西の季語物語』で第十一回俳人協会評論賞受賞。
平成十四年　第七句集『往馬』で第四十一回俳人協会賞受賞。
平成二十六年　第十一句集『薬喰』で第十三回俳句四季大賞受賞。

句集に、『木の國』(昭54)『遠つ川』(昭59)『野迫川』(昭63)『丹生』(平3)『三輪崎』(平5)『倭』(平10)『往馬』(平13)『畳薦』(平18)『椣原』(平19)『山椒魚』(平22)『薬喰』(平25)『真鳥』(平27)の他、『季語別茨木和生集』(平15)など。

エッセイ集に、『西の季語物語』(平8)『俳句・俳景 のめ』(平9)『季語の現場』(平17)など。

編著に『松瀬青々』(平6)、共著に『旬の菜時記』(平21)、他、入門書、歳時記解説など著書、執筆多数。

また、『古屋秀雄全句集』(平11)『定本右城暮石全句集』(平15)『松瀬青々全句集 上下別』(平18・23・25)等の監修・編集に取り組む。


現在、「運河」主宰。「晨」「紫薇」同人。

「日経俳壇」(日本経済新聞)「朝日大和俳壇」(朝日新聞奈良版)他選者。

公益社団法人俳人協会常務理事、大阪俳句史研究会理事、大阪俳人クラブ会長、奈良県俳句協会会長、日本文芸家協会会員。

現住所　〒636-0906　奈良県生駒郡平群町菊美台二の十四の十

書名……季《き》語《ご》を生《い》きる
著者……茨木和生
発行日……平成二十八年一月十一日第一刷
平成二十八年三月二十日第二刷
発行者……島田牙城
発行所……邑書林《ゆうしょりん》
661-0033 兵庫県尼崎市南武庫之荘3-32-1-201
Tel 〇六（六四二三）七八一九
Fax 〇六（六四二三）七八一八
郵便振替 〇〇一〇〇-三-五五八三二
younohon@fancy.ocn.ne.jp
http://youshorinshop.com
印刷・製本……モリモト印刷株式会社
用紙……株式会社三村洋紙店
定価……本体千九百円（税別）

ISBN978-4-89709-793-0 C0095

那智の滝源流水資源保全事業基金へのご協力のお願い

私の主宰する俳誌「運河」では「吉野の桜を守る」とともに「那智の滝水を守る」チャリン募金を集めています。「吉野の桜を守る」チャリン募金は俳人協会関西支部の提起しているものですが、「那智の滝水を守る」チャリン募金は、私が強い関心を寄せていることから、「運河」独自に行っている募金なのです。前著『季語の現場』に「滝涸るる」と題して小文を載せていますので、そこから引用してみます。

私は第一句集に詞書をすることはなかったが、第二句集の『遠つ川』にはじめて、「那智の滝」と記した昭和五十七年の作品一句を載せている。

拝みたる位置退きて滝仰ぐ　和生

その年の暮、毎日新聞の「私の選んだ今年の秀句十句」に山口誓子がこの句を選んでくれた。第三句集『野迫川』にも、「那智の滝」と詞書した一句を収めている。

虚子の句も及かずと思ひ滝仰ぐ　和生

昭和六十年のことである。初めて那智の滝を見た日から二十五年以上経っていたが、滝壺近くに行って滝を見ることは出来なくなっていた。それでも那智の滝は強いものを訴えてくる迫力があった。「熊野の雨は雄降りやでねぇ」と熊野の俳句仲間がいうように、那智の山々の雨は雨柱を立てて降り、日本でも降水量の多い地だといってよい。

その那智の滝の水量が減って、季語ならぬ「滝涸るる」という現象がますます進みそうだというのである。落差百三十三メートル、ふだんは滝口から三筋になって落下しているのだが、それが一筋になり、その滝水も風に煽られて飛び散ってしまって、滝壺に筋をなして落ちないという危機的な状況の時もあると聞いた。

主な原因は、もともと広葉樹の自然林の多かった熊野の山々が戦後伐採され、代わりに杉、檜の植林が進められて人工林となってしまったこと、その人工林も外材に押されて手入れが行き届かなくなって山が荒れたことであろう。「どえらい水の嵩やで」といって那智の滝を見ていた頃、那智の山々の保水力は落ちはじめていたのである。

地元の那智勝浦町では、「那智の滝源流水資源保全事業基金」への寄付を募り、その基金で民有林を買い上げて自然林に戻すという運動を始めている。

那智の滝を詠んできた俳人は、いまこそ那智の滝に恩返しをすべき時である。百年後の俳人にも水量豊かな那智の滝をのこそうではないか。

こう書いて、訴えたのは平成十六年のことでした。
今年も運河俳句会は那智の滝水へのチャリン募金の集計をして約三十万円を那智勝浦町に届けました。
那智の滝水を守る町の訴えを、この本を手にして下さった方々へお知らせしたいと思います。

茨木和生

那智の滝源流水資源保全事業基金への寄付金募集について

那智の滝源流水資源保全事業基金へのご寄付は、最寄の郵便局より、

　郵便振替口座　00960 - 1 - 126020

　加入者名　　那智の滝　水資源基金

で随時受け付けられております。

同基金は、

　那智勝浦町「那智の滝源流水資源保全事業基金設置条例」

に基づくもので、その目的「名瀑那智の滝の水資源と美しい自然景観を将来にわたり保全すること」に使われます。

町のホームページに示されている「事業の概要」には、

　皆様からの寄附金等を積立て、滝を取り巻く民有林の購入や、その維持管理を行います。那智の滝の源流域は、およそ500haあり、国有林70ha、那智大社10ha、明治神宮が200ha所有していますが、残りの220haほどは民有林です。現在は山林所有者が十分な管理をされていますが、経済林である為、伐採も懸念されます。町では、将来にわたり、那智の滝の水源域を保全するため民有林を買い取り、その維持管理を行いたいと考えております。

とあります。

詳しくは、

　〒649-5392　和歌山県東牟婁郡那智勝浦町築地7丁目1番地1

　電話0735-52-0555　FAX 0735-52-6543

　那智勝浦町役場　企画課

へお問い合わせ下さい。また、町のホームページ、

　https://www.town.nachikatsuura.wakayama.jp

からもご確認頂けます。

（文責　邑書林）